나는
아버지의
친척

# 나는 아버지의 친척

남상순 지음

사ㅁ계절

# 가족이라고
# 마음먹으면
# 누구나 다 가족입니다

고등학교 때였습니다.

새 학년이 시작되던 날, 운동장에서 조회를 마치고 배정받은 교실로 들어가기 위해 신을 벗다가 나도 모르게 숨을 멈추고 말았습니다. 한 친구의 예쁜 옆모습에 반하여 넋이 나가 버린 것입니다.

그 날 나는 그 친구 신발 옆에 내 것을 놓기 위해 다른 아이 것을 슬쩍 밀어냈습니다. 짝을 정하기 위해 줄을 설 때는 그 애한테 맞추느라 내 무릎을 엉거주춤 굽혔습니다. 부끄러워 죽을 것 같은데도 밤새 쓴 시를 내밀면서 어떠냐고 물었습니다.

그 친구한테 잘 보이고 싶은 욕망이 지나치리만치 컸던 것 같습니다. 그 애의 내면은 이럴 것이라고 멋대로 상상한 다음 나를 열심히 거기다 맞춰 나갔습니다. 그 애가 다른 친구들에 대한 관심을 접고 나만 쳐다보기를 바랐습니다. 그래서 나는 자주 도가 지나친 행동을 했고 바보처럼 말을 더듬거렸으며 내 감정에 대해 솔직하지 못했습니다.

지금 나의 여고시절 기억에 그 애만 존재하는 것도 따지고 보면 그 친구를 다 알지 못한 것에 대한 미련 때문이 아닌가 싶습니다. 너무 집착하면 그 사람을 잘 알 수 없는 것은 당연합니다. 사실과는 다른 환상을 머릿속에 만들어 가기 때문에 그 사람의 실제 모습에 집중할 수가 없는 것입니다.

하지만 그랬던 일이 추호도 후회되지는 않아요. 지금 생각해도 달콤하기만 합니다. 그렇게 마법에 걸린 것처럼 친구에게 도취되고 순수하게 열중할 수 있는 건 아무리 봐도 삶의 축복인 것만 같습니다.


이 책의 주인공인 미용이도 마음이 통하는 친구를 갈망합니다. 진정으로 소통하게 된 친구를 자기만의 세상으로 초대해 하나하나 집을 지어 줍니다. 그런데 제대로 사귀어 깊이 알아 나가야 할 대상인 준석이와는 좀 묘한 관계입니다. 한집에 살기는 하지만 남매는 아니고 그렇다고 남도 아닙니다. 물론 한 가족인 것은 분명합니다. 미용이는 몹시 혼란스럽습니다.

미용이는 친구를 사귀듯이 그렇게 준석이에게 다가갑니다. 질투하고 모함하고 헐뜯다가 자기도 모르는 사이에 정이 들어

버립니다. 친구가 가족이 되고 가족이 친구처럼 변하는 순간입니다.

사실 요즘의 가족은 개인이 상상할 수 있는 것보다 훨씬 다양합니다. 이모나 삼촌, 혹은 먼 친척과 엮이기도 하고 혈연과는 상관없이 단지 뜻이 맞아 가족이 되기도 하는 등, 별별 가족이 다 있습니다. 이제는 이전처럼 핏줄에 의해 운명 지어진 관계만 가족이라고 우길 수는 없게 되었습니다.

그리하여 우리는 다시 이런 질문 앞에 놓이게 됩니다.

가족이란 무엇인가.

내가 타인을 가족이라는 마음으로 받아들일 때, 그 때 우리는 틀림없이 가족이 될 수 있을 거라고 생각합니다. 핏줄로 맺어져 있으나 서로를 짐스러워하고 가족이 아니었으면 좋겠다고 여긴다면 그들은 더 이상 가족이 아닌 것입니다.

그렇습니다.

가족이 되는 것도 결국은 마음먹기에 달렸습니다. 가족이라고 마음먹으면 누구나 다 가족인 것입니다.

오늘 밤에는 함박눈이 푸짐하게 내릴 것 같습니다.


2006년 동지를 열이틀 앞둔 날,
분당에서 남상순

**차 례**

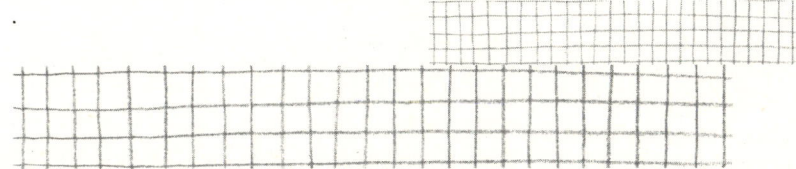

# 1.
## 아버지 집으로 가다

외삼촌네 식구를 향해 고맙다는 인사말을 건넨 아버지가 마침내 자동차에 올라탔다. 엷은 군청색 재킷은 벗지도 않고 단추마저 답답하게 채워 둔 상태였다.

차에 타기 전에 손으로 차양을 만든 뒤 잠깐 내 쪽으로 눈길을 주었는데, 멀뚱히 서 있던 나를 눈으로 확인한 것인지 날카롭게 반사된 저녁 해를 바라본 것인지는 분명하지 않았다. 나는 얼른 눈을 내리깔았다.

내가 저 차에 타야 하는 거구나.

나는 입고 있던 붉은색 후드 점퍼 주머니에다 손을 살짝 찔러 넣고는 발끝으로 시멘트 바닥을 툭툭 찼다. 가슴이 둥둥거리며 불규칙하게 뛰었다.

말이 좋아 아버지지 얼마 전에 학교에서 처음 보았고 이번이 두 번째였다. 그 동안 엄마와 외가 식구들이 언뜻언뜻 아버지에 관해 언급하기는 했지만 지극히 우회적이었고 부정적인 내용이 많았다.

아마 그 때문이었을 것이다.

아버지가 살아 있다는 말을 처음 들었을 때 머리카락에 무스를 잔뜩 바른 느끼한 중년 남자의 모습이 떠올랐다. 걸음걸이는 턱없이 거만하고 비싼 양담배를 피우면서 거리를 활보하는, 자식 따위에는 도무지 관심조차 없는 그런 남자.

다행히 아버지는 아담한 키에 적당히 살진 모습이었고 머리카락은 아무것도 바르지 않아 퍼석했다.

"인사하고 얼른 타라."

차 안에서 아버지의 음성이 들려왔다. 왠지 숨통이 트이는 느낌이다.

하지만 나는 조금 망설였다. 일단은 주춤거리는 모습을 보여 줄 필요가 있다. 어른들은 단순하게 행동하는 아이들을 좋아하지 않는다. 그들만이 가치 있다고 믿는 어떤 미덕을 아이들도 지니고 있어야 한다고 믿는다. 그렇지 않은 아이는 영문도 모른 채 눈 밖에 나기 십상이다. 그러니 한 번쯤 더 재촉하는 말을 할 때까지 기다려야 한다. 그래야만 '실패'하지 않을 것이다. 지난 2년 동안 나는 너무 많은 친척집을 전전했고 이제는 완전히 지쳐 있었다. 나는 더 이상 실패하고 싶지 않다.

"안녕히 계세요."

힐끔 쳐다봤더니 작은외삼촌이 고개를 끄덕이고 있다. 아침까지만 해도 무표정한 얼굴로 입을 꾹 다물고 있어서 마치 영화 '조용한 가족'의 포스터를 보는 기분이었는데 그나마 다소 풀어진 느낌이다. 물론 아버지에 대해 마음이 풀린 것은 아닐 것이다. 다만 엄마도 없는 골칫덩이 조카가 드디어 눈앞에서 사라지는구나, 정말 가는구나 하는 생각에 속으로 만세를 부르고 있을 것이다. 충분히 그럴 것 같았다.

나 때문에 외삼촌이 외숙모와 싸울 일은 더 이상 없을 것이다. 생각지도 못했던 순간에 접시 하나가 장식장으로 날아가는 불상사가 일어나지도 않을 것이고, 시도 때도 없이 방문이 쾅쾅 소리를 내며 닫히는 일도 없을 것이다. 그런 생각을 하니 내 속이 다 시원해지는 느낌이다. 살다 보면 다시는 보고 싶지 않은 일이 있는 법이다.

나는 차에 타라고 한 번 더 권하기를 바랐다는 것도 까먹은 채 쫓기듯이 차 안으로 들어가 얼른 문을 닫았다. 계속 서 있다가는 자칫 부정이라도 탈까 봐 조바심이 났다. 아버지가 혼자서 떠나 버릴까 봐 겁이 났다.

자식과 아버지라는 관계가 이렇게 대단한 것일까. 처음 올라탄 차인데도 마음이 제법 편안했다. 안도감이 들었다. 얼핏 맡은 허브향도 나쁜 것 같지 않았다.

차가 천천히 출발하자 대문 앞에 서 있던 사람들이 허리를 구부정하게 숙였다. 나도 고개를 까딱여 주었다.

안녕. 영원히 안녕. 꿈에서라도 다시 볼 일이 없기를.

나는 속으로 그런 주문을 외었다. 정말 그러기를 바랐다.

골목 모퉁이 아이스크림 가게를 지나자 외삼촌 집은 시야에서 완전히 사라졌다. 얼마나 더 갔을까. 아버지가 갑자기 길가 어딘가에 차를 세우더니 부리나케 내렸다. 그러고는 살집이 붙은 몸을 실룩이며 허둥지둥 24시간 편의점 안으로 들어갔다. 그런데 잠시 후 얼빠진 표정으로 다시 나와 차로 다가오는 것이었다.

"음료수 살 건데, 넌 뭘 마시고 싶어?"

"네?"

순간 난 몹시 당황해서 난해한 질문이라도 받은 사람처럼 얼른 대답하지 못하고 시간을 끌었다. 그럴 수밖에 없는 것이, 이 복잡한 길에다 차를 팽개치다시피 하고 구하려는 것이 고작 음료수란 말인가. 그런 생각을 하고 있는데 아버지가 두리번두리번 뒤차의 눈치를 보더니 "콜라는 어때?" 하고 재빨리 말했다. 나는 구원이라도 받은 사람처럼 얼른 고개를 끄덕였다. 콜라 두 캔을 사온 아버지는 그것을 내 손에 쥐여 주더니 그제야 재킷을 벗어 운전석 의자에다 걸쳐 놓았다.

"정말 시원하다!"

콜라 하나를 단숨에 마셔 버린 아버지는 비로소 긴장이 풀린 듯 편안한 표정을 지었다. 콜라가 아니라 신비한 명약이라도 마신 것 같았다. 하긴 속이 타기도 했을 것이다. 아버지에 관해서라면 험담 빼고는 할 게 없는 외가 식구들 앞이었으니 말이다.

아버지는 잠시 넋 나간 사람처럼 가만히 앉아 있었다. 라디오의 클래식 채널에서는 조수미가 부르는 '오 신이여, 제 얘기를 들어보소서'가 흘러나오고 있었다.

차가 시내에서 외곽으로 벗어나자 나는 자세를 고쳐 앉으며 앞을 바라보았다. 콜라는 마시지 않고 손 안에 꽉 움켜쥐고 있었다.

잠시 후에 나는 소스라치듯 몸을 떨며 주머니를 뒤졌다. 바지에 넣어 둔 휴대폰이 요란하게 진동한 것이다.

**어디야? 잘하고 있지? 너무 불안해하지 말고 힘내. 다 잘 될 거야.**

폴더를 열었더니 예상대로 소영이의 문자가 떴다. 휙, 단숨에 읽어 치우고는 슬며시 뚜껑을 닫았다. 긴장이 풀리면서 코끝에 찡한 느낌이 일어났다가 사라졌다. 이렇게 힘들 때 가까운 곳에서 나를 걱정해 주는 친구가 있다는 것은 마음 든든한 일이다. 이 세상에 기댈 사람이라고는 아무도 없는 내게 소영이라는 존재는 뿌듯하고 든든한 백이다. 그 동안 고달프기 짝이 없는 시간을 견뎌 내고 마침내 낯선 아버지를 따라나선 것도 모두 소영이가 있었기 때문이다. 그 애가 있는 한 나는 '지금, 여기'에서 도저히 달아날 수가 없다.

"전화 왔니? 그럼 받지 왜?"

아버지가 옆자리의 나를 힐끗 보았다.

"아니에요."

나는 눈길을 피한 채 얼버무리고는 전화기를 다시 주머니에 집어넣었다. 누구냐며 관심을 보일 수도 있겠다고 예상했지만 아버지는 묻지 않았다. 대신 자꾸만 나를 힐끔힐끔 보는 것 같은 느낌이 들었다. 그건 정말 부담스러운 관심이었다.

"기분이 어때?"

한참 만에 아버지가 입을 떼었다. 순간 나는 쩔쩔매고 말았다. 아버지가 그런 질문을 하리라고는 미처 생각지 못했다. 기껏해야 앞으로 잘 지내 보자라든가 이렇게 하라 저렇게 하라는 투의 일방적인 충고 몇 마디를 던지지 않을까, 아버지 차를 타고 어딘가로 가는 장면을 상상했을 때 머리에 떠오른 것은 그런 것이었다. 그런데 예상은 빗나갔다.

"괜찮아요."

아무 대답도 하고 싶지 않았지만 내 입은 어느새 그렇게 간살을 떨고 있었다. 물론 괜찮지 않았다. 괜찮을 리가 없었다. 외가에서 벗어났다는 생각이 들자마자 새로운 불안감이 하나둘 고개를 내밀고 있었다. 또다시 6개월도 버티지 못하는 것은 아닐까. 아버지와 함께 사는 그 여자도 나에게 고약하게 굴까. 아버지는 어떤 사람일까 하는 불안도 컸지만 우선은 그것이

내 심장을 오그라들게 하는 것 같았다. 그런데도 나는 괜찮다고 말하고 있었다. 어쩌면 아버지에게 잘 보여야겠다는 마음이 은연중에 있었는지도 모르겠다.

"괜찮다니 우선은 다행이다. 그 동안 고생 많았지? 진작 너한테 마음을 썼어야 하는데 정말 미안하다. 하지만 이제는 안심해도 돼. 더는 나쁜 일이 일어나지 않을 거야. 알았지?"

신호 때문에 차가 잠시 멈추어 섰을 때 아버지가 고개를 돌리고 내 표정을 살폈다. 나는 얼른 눈을 내리깔았다.

겨우 두 번 본 사람에게 나 자신을 완전히 맡겨야 하다니.

고약한 운명이었다. 초라하고 구질구질했다. 나는 주눅이 들어 고개를 모로 튼 채 바깥을 내다보았다. 거리에 하나 둘 불빛이 늘어 가는 것 말고는 아무것도 눈에 들어오지 않았다. 그만큼 나는 떨고 있었고 운전석에 앉은 그 사람이 아버지라는 사실을 실감하기 힘들었다.

아버지가 말했다.

"혹시 아빠한테 가족이 있다는 얘기는 들었니?"

이번에는 대답을 하지 않았다. 내가 그들에 대해 얼마나 큰 두려움을 품고 있는지 아버지라고 자처하는 저 사람은 알고나 있을까.

아버지와 함께 사는 여자는 아버지보다 나이가 네 살이나 많다고 했다. 거기다 나와 동갑이라는 남자아이. 생각만 해도 마음이 답답했다.

더 놀라운 사실도 나는 알고 있었다. 친척들이 주고받는 말을 엿들은 적이 있는데, 그 남자아이가 실은 아버지 아들이 아니라고 했다. 그렇다고 그 여자의 아이도 아니었다. 그 아이는 아버지의 처조카였다. 그 애가 갓난아기였을 때 부모가 모두 교통사고로 죽었다는 것이다. 외가 쪽 친척들이 그런 이야기를 심심찮게 꺼낸 이유는 남의 자식은 키우면서 왜 자기 자식은 나 몰라라 하느냐는 말을 하기 위해서였다. 결국 그들의 소원대로 나는 아버지 집으로 가고 있는 중이다.

"여기가 앞으로 네가 살 동네고 우리 집은 저 안쪽에 있다."

신도시 아파트 단지 안으로 들어가면서 아버지가 말했다. 아버지 목소리는 조금 들떠 있는 것 같았다. 어떻게 보면 흥분한 것 같기도 했다. 내가 나타난 게 반갑기라도 한 걸까. 그런 생각을 하다가 나는 픽 웃고 말았다. 그럴 리가 없었다. 말도 안 되는 일이었다. 평화롭기 짝이 없는 가정에 어느 날 자식이라면서 고딩 하나가 뚝 떨어진다. 분명 그것은 재앙일 것이다. 집안에서 아버지 체면은 박살나고 평지풍파가 끊이지 않을 것이다. 불을 보듯 뻔한 일이다. 그런데 반가움이라니.

그렇다면 혹시 자기최면을 걸고 있는 게 아닐까.

'하나도 겁 안 난다. 이것은 즐겁고도 유쾌한 일이다.'

그랬다. 겁을 내면서 최면을 걸고 있는 것은 나 자신이었다. 그런 속임수가 오래가지 않는다는 것을 알지만, 나로서는 지금 이 순간 할 수 있는 기도는 그것밖에 없다.

"와, 저기 우리 식구들이 마중까지 나왔네."

이번에는 신바람이 난 목소리였다. 나는 기민한 동작으로 어슴푸레한 바깥을 살폈다. 저만치 앞에 마흔 하고도 중반을 넘겼을 것 같은 여자와 내 또래 남자아이 하나가 서 있는 게 보였다. 얇은 카디건을 걸친 여자는 별다른 경계심 없이 손을 흔들고 있었고, 머리가 반삭인 남자아이는 순한 듯하면서도 만만치 않은 눈빛을 가지고 있었다. 가슴이 거칠게 뛰면서 입 안이 바싹 말랐다. 나는 콜라 캔을 뒷자리 아무 데나 내려놓았다.

"자, 내리자."

어느새 차에서 내린 아버지가 문을 열어 주었다. 그러자 기다렸다는 듯 여자와 남자아이가 가까이 다가와 말을 걸었다.

"어서 와. 어머, 예쁘게 생겼네!"

"안녕!"

여자가 차에서 내리는 내 어깨를 살며시 잡았다가 놓았다. 나는 정신이 하나도 없는 상태였으므로 그저 고개만 숙였을 뿐 아무런 인사말도 던지지 못했다. 아버지가 트렁크를 열자 머리를 긁적이며 어색하게 서 있던 남자아이가 성큼 다가가더니 내 여행용 가방과 배낭을 꺼냈다. 쇼핑백 두 개와 한약방 이름이 적힌 커다란 녹색 주머니도 정확히 밖으로 꺼내졌다.

"다행히 차가 막히지 않았나 보네?"

여자가 차 문을 닫아 주면서 물었다. 목소리에서 달콤한 음료수 맛이 느껴졌다. 잘 냉장된 이온 음료를 손에 들고 있는 느낌이랄까.

"그럭저럭 잘 빠져서 고생하지 않고 왔지."

아버지는 건성으로 대답하고 나서는 여자의 허리에 팔을 두르며 내게로 돌아섰다.

"자, 그럼 우리 식구들끼리 서로 인사나 주고받을까? 이 사람이 내 아내란다. 앞으로 네가 엄마라고 불러 줬으면 할 거야. 이 사람은 딸 하나 키워 보는 게 평생 소원이었거든."

생각지도 못한 직설적인 표현에 나는 움찔 놀라고 말았다. 그런 말을 그토록 쉽게, 아무렇지도 않게 하는 아버지를 새삼스러운 눈으로 엿보았다.

"그래, 진심으로 환영한다. 앞으로 잘 지내 보자."

여자가 환한 표정을 짓더니 내 어깨를 툭 쳤다. 나는 여자의 눈을 조심스레 마주 본 다음, 얼른 고개를 숙이며 얌전히 눈을 내리까는 것으로 인사를 대신했다. 하지만 속으로는 '웃기고 있네.'를 연발하고 있었다.

외숙모들도 처음에는 비교적 친절하게 나왔다. 한 일주일간은 옷도 사 주고 많지는 않지만 용돈도 주었다. 주말에 설거지라도 한번 해 주면 평생 공으로 부려먹을 파출부라도 생긴 양 호들갑을 떨며 좋아했다. 하지만 기껏해야 일주일이나 열

흘이었다. 그리고 한 달쯤 지나면 지옥이 도래하는 것이다. 아무리 설거지를 깨끗이 하고 거실 청소까지 해 놓아도 돌이킬 수 없는 것이 있었다. 이 달달한 음료수 맛을 풍기는 여자도 초면에 지나치게 친절한 것, 그것이 오히려 미심쩍다. 나는 지나치게 친절한 사람들을 믿지 않는다.

"그리고 애는 준석이야. 미용이 너하고 같은 고1이란다."

아버지가 이번에는 남자아이를 껴안으며 옆구리로 들어올렸다. 남자아이가 "아빠, 넘어지겠어요!" 하면서 엄살을 떨었다. 억지스러운 느낌이 없어서 제법 그럴듯한 그림이 그려졌다. 물론 그렇다고 흥미가 느껴지는 건 아니었다. 그 다정한 부자상은 누가 뭐래도 가짜인 것이다. 그 사실을 알고 있으니 녀석과 나 사이에서 유리한 패는 내가 쥐고 있다고 해도 과언이 아니다.

"안녕. 윤준석이야. 잘 부탁한다."

녀석이 불쑥 손을 내미는 바람에 순간적으로 당황하고 말았다. 하지만 덜컥 손을 잡을 수는 없는 노릇이다. 나는 가만히 서서 남자아이의 손을 내려다보았다. 어둠이 몰려들고 있어 세세하게 보이지는 않았지만 손가락이 매우 앙상한 편이었다. 반삭인 머리 모양과 묘하게 어울린다고나 할까. 여리고 예민한 아이일 것 같았다. 그러면서도 듬직한 몸짓 같은 것이 어렴풋이 엿보였다. 다행히 곤란한 상황은 곧 수습이 되었다.

"야, 너 손 씻었냐? 설마 씻지도 않고 숙녀한테 손을 내민

건 아니겠지?"

여자가 남자아이의 어깨에다 몸을 부딪자 녀석은 머쓱해하며 얼른 손을 거두어 갔다. 내가 결코 그 손을 잡지 않을 것이라는 사실을 눈치챈 여자가 순간적으로 기지를 발휘했음을 직감으로 알 수 있었다.

짐을 나누어 들고 아버지가 앞장을 섰다. 내 배낭은 준석이라는 남자아이가 어깨에 걸쳤다. 엄마가 물려준 낡은 나무 상자가 그 안에 들어 있으니 잠시라도 남에게 맡겨서는 안 된다는 생각이 들었지만, 나는 가만히 뒤만 따라갔다. 내가 들겠다고 하려면 말을 걸어야 하는데 아무래도 그게 더 어색한 것 같았다. 가다가 생각해 보니 조금 이상하다는 느낌이 들었다. 내 이름은 이미용인데 그 아이는 윤준석이었다. 성이 달랐다.

'그렇다면 친아버지가 아니라는 사실을 이 아이는 이미 알고 있겠구나!'

생각이 거기에 미치자 나는 조금 허탈했고 입에서는 저절로 쓴웃음이 나왔다.

# 3.
## 꿈

낯설고 이상한 장소였다. 엄마와 나는 벽돌을 나르고 있었다. 한참 동안 정신없이 벽돌을 나르는데 엄마가 가까이 다가와 귓속말로 속삭였다.

'조금만 더 힘을 내. 그러면 곧 우리 집을 완성할 수 있을 거야.'

하지만 아무리 열심히 일을 해도 집은 완성되지 않았다. 벽돌은 처음 그 높이에서 조금도 변화가 없었다. 불만에 찬 나는 친구네 집에 가겠다며 투정했다. 사실 나는 벽돌을 나르는 짓따위에는 관심도 없었다. 은솔이의 생일잔치에 놀러 간 아이들은 지금쯤 뭘 하며 놀고 있을까. 내 관심사는 오로지 그것이었다. 엄마가 나를 야단치면서 아픈 곳을 찔렀다.

"너 초대는 받았니?"

"아니요."

"그럼 초대받지도 않았는데 남의 생일잔치에 가겠다는 거니, 지금?"

"왜요, 그러면 안 돼요?"

"안 되지. 은솔이가 불편해할 수 있잖아. 애초에 널 초대하겠다는 생각이 없었다면 음식이고 뭐고 네 몫은 준비하지 않았을 텐데, 네가 불쑥 끼어들어 봐. 몹시 곤란해할 거야. 그러니 거기 가겠다는 건 좋은 생각이 아닌 것 같다."

"그래도 가고 싶어요."

"안 돼!"

엄마의 목소리는 날카롭고 단호했다. 나는 이해가 되지 않았다. 우리끼리는 그런 게 문제가 되지 않았다. 은솔이는 내가 불쑥 찾아가더라도 당황할 아이가 아니었다. 그건 엄마보다 내가 더 잘 알았다. 나는 조금 더 고집을 부렸다.

"그러면 은솔이네 집에 가서 물어 보면 안 될까요? 들어가도 되냐고 물어 보고 안 된다고 하면 얼른 집으로 돌아올게요."

"생일잔치를 하고 있는데 들어가도 돼, 하고 물어 보겠다는 거야?"

"왜요, 안 돼요?"

"어휴, 기가 막혀! 내가 너 때문에 못 살아, 정말!"

엄마가 갑자기 눈물을 흘리기 시작했다. 창백한 얼굴로 기침을 하면서 하늘이라도 무너진 듯 꺼이꺼이 통곡을 하는 것이었다. 나는 영문을 알 수가 없었지만 엄마가 우니까 할 수 없이 따라 울었다. 엄마의 기침 소리는 너무나 위태로웠다. 그러다가 잠에서 깨어났다. 손으로 눈을 문지르자 물기가 묻어났다.

처음에는 화들짝 놀라 침대에서 몸을 일으켰다. 하지만 곧 거기가 어딘지를 깨달았다. 나는 아버지 집에 와 있는 것이다. 손에 잡힐 듯 생생하던 엄마는 꿈 속의 모습일 뿐이었다. 침대에 도로 누운 다음 이불을 목까지 끌어다 덮었다. 정신이 말똥말똥한 게 다시 잠이 올 것 같지는 않았다.

어둠 속에서 멀뚱히 눈을 뜨고 있으려니까 지난 일이 떠올랐다. 초대받지도 않은 생일잔치에 가겠다고 우겼던 것은 초등학교 5학년 때였다. 엄마는 그 때 말기 암 진단을 받고 힘들게 투병하던 중이었다. 그 때는 엄마가 왜 우는지 도저히 이해가 되지 않았다. 왜 은솔이의 생일잔치에 가서는 안 되는지도 알 수 없었다. 초등학교 저학년 때는 초대받았는지의 여부와 상관없이 우르르 생일인 친구네 집으로 몰려가서 맘껏 놀았던 것이다. 이제 고학년이 되었다지만 나는 달라진 건 없다고 믿었다. 내가 끝내 미련을 버리지 못하자 엄마는 이거야말로 네가 앞으로 살아갈 요령이니까 잘 들어 보라며 말했다.

"네가 그 집에 가서 들어가도 되냐고 하면 은솔이가 어떻게 나올 것 같니? 싫어도 안 된다고 하지 못할 거 아니야? 그런 상태에서 은솔이네 집으로 들어가 생일상 앞에 앉으면 네 마

음이 편할 것 같니? 넌 그 때 찬밥이 되고 마는 거야. 그뿐이
아니야. 더 나쁜 일이 생길 수도 있어. 은솔이가 약속한 아이들
끼리만 놀기로 했으니 안 된다면서 문 앞에서 널 돌려보내면?
그 때 뒤를 보이며 돌아 나오는 네 처지가 너무 비참할 것 같지
않아? 미용아, 너는 그런 장면이 상상이 안 되니?"

　엄마가 그렇게까지 말하는데도 나는 계속 우겼던 것 같다.
그건 그 때 생각하면 안 되나요? 퇴짜를 맞든가 찬밥이 되든
가, 그걸 왜 하필이면 지금 생각해야 되는데요?

　그 일이 되살아나 새삼스레 가슴을 아프게 한 것은 중3 때였
다. 그 때 엄마는 이미 죽고 없었다. 수업 도중 불현듯 그 사건
이 떠오르자 구슬이 꿰어지듯 나는 모든 것을 깨달았다. 엄마
는 내게 상처받지 않는 법을 가르치려 한 것이었다. 생각해 보
면 참 이상했다. 3교시는 수학 시간이었고 그 일을 떠올릴 만
한 어떤 일도 일어나지 않았다.

　초대받지 않은 생일잔치에 가겠다는 것은 어떤 식으로든 내
게는 불리할 수밖에 없는 악수(惡手)였다. 엄마는 나사 하나가
부족한 헐거운 가전제품을 보는 듯했을 것이다. 그런 불량품
을 두고 먼 길을 떠나자니 발걸음이 떨어지지 않았을 것이다.
울컥 서러움이 복받쳐서 도저히 교실 안에 있을 수가 없었다.
그리운 사람의 얼굴을 떠올리고도 가슴이 아프다면 그건 정말
얄궂은 그리움이었다. 선생님에게 허락을 받고 화장실로 향하
다가 나는 옥상으로 달려 올라갔다. 그리고 그 곳 환풍기 옆에

서 목 놓아 꺼이꺼이 울었다.

　그 뒤로 나는 내가 이전과는 달라졌다고 느끼게 되었다. 물론 내게 없던 나사 하나가 새로 생겨난 것은 아니었다. 다만 나는 내게 부족한 것이 어떤 종류의 것인지를 어렴풋이 깨달았다. 그 서늘한 자각은 그리 유쾌한 것은 아니었다. 앞으로 내 삶이 순탄치 않을 수도 있다는 냉혹한 암시였다. 그런데 느닷없이 그 때 일이 꿈에 다시 나타난 것이다.

　한참을 이불 속에서 뒤척였는데도 밖에서는 인기척이 없었다. 전자식 벽시계는 6시 47분을 가리키고 있었다. 그 날이 일요일이라는 사실에 새삼 안심이 되면서도 한편으로는 불안했다. 이런 불청객 같은 기분으로 하루 종일 이 집 식구들과 시간을 보내야 한다니. 생각만 해도 혀끝이 마르는 것 같다.

　나는 일어나서 조용히 불을 켰다. 그러고는 엄마가 물려준 나무 상자를 꺼내 안을 뒤적거렸다. 장례식 때 썼던 사진은 언제 봐도 슬프다. 그리고 엄마가 평생 지니고 살았던 두툼한 수첩 한 권……. 표지 안쪽에는 이런 말이 적혀 있다.


　누구나 스무 살 때는 솔직함을 미덕으로 삼는다.
　청춘은 불살라 버려도 좋은 것,
　불태워 버리면서 비로소 완성되는 거라고 보았다.
　그러나 진정으로 솔직하기란 누구에게나 쉽지 않다.

이제는 보지 않고도 외울 만큼 자주 들여다본 내용이다. 마음에 깊이 와 닿는 느낌이라기보다는 교과서나 달력에 적혀 있는 한 구절처럼 읽힌다. 물론 가끔은 엄마의 스무 살은 어땠을까 하는 정도의 생각이 떠오르기도 하지만.

수첩 안에는 별의별 내용이 다 있었다. 엄마가 죽기 전까지 알았던 사람들의 전화번호와 생일, 너무 신기해서 잊혀지지 않는 꿈들, 심지어는 책을 보면서 인상 깊게 읽었던 구절들까지 적혀 있었다. 엄마는 딸에게 그런 것을 물려주었다.

엄마가 오래 전에 꾸었다는 꿈 내용을 들여다보다가 문득 전날 저녁의 첫 만남이 떠올랐다. 생각만으로도 몸이 오그라드는 기분이었다. 불과 몇 시간 전의 일이지만 오래 전 남에게 일어났던 일처럼 아득했다. 그러면서도 불안감만은 생생했다.

내 짐작이 맞는다면 아버지는 준석이에게 진실을 말하지 않았다. 나에 관해서도 거짓말을 한 게 틀림없었다. 준석이는 자기가 아버지의 친아들이라며 철석같이 믿고 있는 것 같았다. 앞으로 일어날 일의 예고편으로 치기에는 너무 황당하고 어이가 없었다.

## 4.
## 의문점

　문제는 저녁 식사 때부터 조금씩 불거지기 시작했던 것 같다. 아버지 집에서 하는 첫 식사여서 그런지 메뉴가 무척 다양했다. 양념이 잘 되어 윤기가 자르르 흐르는 갈비와 동그랑땡, 잡채 같은 것도 있었다. 어느새 샤워를 끝낸 준석이가 말끔한 얼굴로 식탁에 앉으며 호들갑을 떨었다.

　"야, 반삭하니까 진짜 편하다. 그냥 물을 적시고 나서 비누칠만 하면 되고 샴푸를 쓸 필요도 없어요. 말리는 것도 수건으로 한 번 쓱 문지르니까 끝나네."

　"그래, 보는 사람도 시원하고 좋다. 그 더벅머리보다는 백 배 나아. 그런데 학교 가서 놀림 안 받았어?"

　아버지가 맞장구를 치며 분위기를 살리자 준석이는 더욱 의

30

기양양해져서 숟가락 든 손을 이리저리 움직여 가며 한껏 거들먹거렸다.

"놀림이라니요. 우리 학년에서는 제가 처음이거든요. 그냥 스타가 됐죠, 뭐. 만나는 선생님마다 어이 보기 좋네 그러면서 칭찬하죠, 딴 반 애들까지 다 와서 구경하고 만져 보죠, 하여간 어제 난리 났었다니까요."

"와!"

아버지와 아줌마는 눈까지 휘둥그레 뜨고는 과장된 반응을 보였다. 마치 다른 문화권에서나 볼 수 있는 희귀한 사례라도 대하는 것 같았다. 하지만 나는 조금 웃겼다. 반삭이라면 서울에서는 벌써 유행이 한물 지나간 뒤였다. 재작년 말부터 반에서 한두 명씩 생겨나더니 한때는 네다섯 명은 족히 될 만큼 널리 퍼져 나갔다. 그러나 지금은 거의 찾아볼 수 없고 머리카락이 삐죽삐죽 튀어나온 섀기커트가 새롭게 유행하고 있었다. 그런 걸 멋도 모르고 신기해하는 두 어른이 조금 이상해 보였다. 하긴 녀석이 더 문제였다. 이미 흘러간 옛 노래가 된 걸 가지고 마치 제가 주도하고 만들어 내기라도 한 듯 잘난 척하고 있지 않은가.

"여자애들 중에서도 네 머리 만져 본 애 있니?"

"당근이죠."

이번에는 아줌마가 준석이 가까이 얼굴을 대고는 정색을 하며 물었다.

"기분이 어땠어?"

"뭐, 그저 그랬다고 할 수 있죠."

"덜덜 떨리거나 그러지는 않았어?"

"아, 또 무슨 생각을 하시는 거예요? 하여간 정말……."

"아무튼 그 순간의 느낌이 있었을 거 아냐."

"솔직히 소름 끼쳤어요."

"뭐?"

아줌마는 믿을 수 없다는 듯 눈을 흘기면서 웃었다.

"문제는 있잖아요, 제 머리를 만져 본 애들이 하나같이 신영이 같은 애들이었다는 거예요. 왜 있잖아요, 뚱뚱하고 다리 굵고 주먹 센 여자애들 말이에요. 아유, 그런 애들은 손가락도 짜리몽땅 얼마나 굵은지 알아요? 그런 손으로 제 머리를 툭 치는데, 이건 숫제 하늘에서 밤송이가 뚝 떨어져 머리에 맞은 기분이더라니까요. 그러니 소름이 안 끼치고 배겨요?"

"그랬어?"

"뭐, 그래도 제가 한 번 바라봐 줬으면 하는 여자애들이 쳐다보기는 하더라고요. 전 그걸로 대만족이에요."

그러자 아버지와 아줌마는 누가 먼저랄 것도 없이 웃음을 터뜨렸다. 한참을 정신없이 웃다가 아무래도 내가 마음에 걸렸던 모양이다. 갑자기 식탁 앞은 쥐 죽은 듯 조용해졌다. 젓가락질을 하던 내 고개가 저절로 숙여졌다. 행복한 그림에 못된 낙서라도 한 기분이었다. 한참 뒤에야 아줌마가 생선이 담긴

접시를 내 옆으로 밀어 주면서 물었다.

"미용이는 어떤 요리를 좋아해?"

나는 조금 머뭇거리다가 다 잘 먹는다고 말했다. 엄마와 지낼 때도 그런 것에 대한 기대는 별로 하지 않고 살았다. 살림이 극단적으로 쪼들렸던 것은 아니지만 내게는 원래부터 기호라는 것이 없었던 것 같다. 더구나 어떤 요리를 좋아하느냐는 질문은 좀 낯간지러웠다. 내 나이에는 떡볶이든 피자든 닥치는 대로 먹어치우면 그것으로 끝이다.

준석이가 엉뚱한 질문을 한 것은 그렇게 낯간지러운 말이 조금이나마 있던 식욕마저 떨어뜨리고 있을 때였다.

"아빠!"

"왜?"

"저랑 친척간이라면 촌수는 어떻게 돼요? 하다못해 사촌이라든가 육촌이라든가 뭐 그런 거라도 있을 거 아니에요."

순간 나는 녀석이 쥐고 있던 빈 숟가락을 빼앗아 머리통을 한 대 갈겨 주고 싶은 충동을 느꼈다. 촌수를 따지다 보면 내가 불리할 것 같다는 생각이 들어서는 아니었다. 아버지와 나는 명백한 일촌이니 추호도 그럴 리는 없었다. 이럴 때 실제로 아버지와 누가 더 가깝냐는 것은 문제가 되지 않았다. 나는 녀석이 친척이라고 한 말이 생뚱맞았고 아버지한테 거리낌없이 '아빠'라고 부르는 것이 묘하게 신경에 거슬렸다. 참 웃기는 일이었다. 말도 안 되는 질투심이었다. 언제부터 내 아빠였다고 행패에 가까운 그런 마음을 갖는 걸까. 거기다 질투라니, 내 게도 그런 게 있었단 말인가.

"그, 그런 게 왜 궁금할까?"

아버지가 내 표정을 살피며 말을 더듬었다. 거기다 얼굴까지 붉히는 것은 내가 생각해도 좀 의외였다. 문제는 옆에 앉아 국자로 물김치를 푸던 아줌마조차 조금 당황하는 기색이라는 거였다. 두 사람이 과민 반응을 보이고 있음을 녀석도 눈치챈 것 같았다. 일부러 장난스럽게 목소리를 꾸미면서 더듬더듬 변명하듯이 말했다.

"그래야 누가 오빠인지 누가 누나인지 알 수 있을 거 아니에요. 집안이 잘 되려면 우선은 계통이 서고 봐야 된다고요."

준석이가 흥분한 듯 소리쳤다. 순간 나를 힐끗 쳐다보는 눈이 날카롭게 빛난 것 같기도 했다. 잘난 척은. 나는 비위가 상하는 느낌이었다. 그냥 친척이면 친척인 거지 누나는 뭐고 오빠는 뭘까. 무엇보다 나는 녀석과 친척으로 엮이고 싶은 생각이 별로 없었다. 그런 것은 골치만 아플 것 같았다. 그런데 녀석의 다음 말을 듣고 나 역시 흠칫 놀라며 숟가락질을 멈출 수밖에 없었다.

"그건 이 착한 아들이 동생이 되어도 모든 것을 달게 감수하겠다는 거예요. 중요한 건 계통이니까. 어쨌든 미용이가 아버지 친척이면 제게도 친척인 거잖아요."

내 이름을 직접 거론한 걸 두고 기분 나빠할 틈은 없었다.

아버지와 아줌마의 표정을 엿보았더니 눈에 띄게 당황한 것 같았다. 나도 마찬가지였다. 이건 또 무슨 이야기란 말인가. 아버지와 딸이 아니라 친척이라고? 만약 내가 초등학생만 되었어도 무슨 말인지 모르고 지나쳤을 것이다. 하지만 나는 아니었다. 무심코 던진 말의 속뜻을 판별할 줄 알았다. 뭔가가 내 마음이 쳐 놓은 거미줄에 덜컥 걸려 버렸다. 그러나 섣불리 입을 열어 확인을 하기에는 그들과 나 사이가 너무 먼 것 같았다. 왠지 나에게는 질문할 자격조차 없는 듯 느껴졌다.

아버지가 말했다.

"뭐 그냥 사, 사촌쯤이라고 생각해 두렴. 그래, 사촌간이야. 그게 그렇게 중요한 건지는 잘 모르겠지만."

더듬거리며 겨우 말하는 아버지 얼굴은 볼썽사납게 일그러졌다. 안 그래도 거칠어 보이는 얼굴 살결이 벌침이라도 맞은 듯 부풀어올랐다. 게다가 귀밑으로는 땀방울까지 흘러내리고 있었다. 왠지 아버지가 가엾다는 느낌이었는데, 그렇게 생각하는 게 일리가 있는지는 알 길이 없었다.

준석이는 밥을 입에 물고는 계속해서 떠들었다. 집요한 성격인 것 같았다.

"사촌이라면 어떤 사촌요? 고종 사촌도 있고 이종 사촌도 있고 그냥 사촌도 있잖아요. 하긴 아버지는 윤용경인데 이미 용으로 성이 다른 걸 보면 그냥 사촌은 아니겠네요."

아버지 이름이 윤용경이라고? 나는 무슨 소린지 알 수가 없었다. 내가 알기로 아버지 이름은 이용경이었다. 그래야만 내 아버지가 될 수 있는 일이기도 한 것이다. 그런데 엉뚱하게도 윤씨라는 성을 갖다 붙이다니. 나는 너무나 경악스러워 입만 딱 벌리고 있었다. 준석이가 말을 잘못한 건가. 아니면 내가 제대로 알아듣지 못했나. 하지만 단순히 말하는 방법의 차이인 것을 내가 잘못 알아들은 것 같지는 않았다. 어느 누구도 그런 식으로 말할 수는 없다.

이제 녀석을 제외한 두 사람의 얼굴은 당황한 정도를 넘어서고 있었다. 김칫국을 그릇째 들고 마시면서도 아버지의 갈증은 쉬 가시지 않는 것 같았다.

"아, 아버지 외가 쪽 친척이야. 넌 자세히 말해도 이해하기 힘드니까 그렇게만 알아 두렴."

아버지는 그러고 나서는 헛기침을 두어 번 반복하면서 땀을 닦았다. 잠시 후에 물을 반 잔 정도 마시고 나서야 목소리가 조금 차분해졌다.

"문제는 앞으로라고 생각한다. 나는 너희들이 남매가 되었다는 게 중요하다고 봐. 너희는 이제 엄마 아빠에게 똑같이 소중한 자식들이야. 그 점을 깊이 명심했으면 좋겠어."

그러자 옆에서 아줌마도 한마디 거들고 나섰다.

"미용이가 익숙하지 않은 게 많을 테니까 준석이 네 도움이 필요할 거야. 둘이 사이좋게, 의좋게 지낸다면 우린 더 바랄 게 없어."

두 사람은 서로 돕는 말을 하면서 안정을 되찾은 것 같았다. 얼굴빛이 다시 순해졌고 말도 눈에 띄게 느려졌다.

"네에."

녀석은 마지못한 듯 고개를 끄덕였다. 하지만 어른들 말을 완전히 수긍하는 것 같지는 않았다. 얼굴이 더 붉어진 걸 보면 흥분이 채 가라앉지 않은 것 같았다.

나 역시 단순하게 생각되지 않았다. 내가 아버지의 외가 쪽 친척이라니. 그런 말은 금시초문이었다. 지난번 다니던 학교에 나타났을 때도 그는 분명히 자신을 내 아버지라고 소개했다. 아니, 지난번까지 들먹일 필요도 없었다. 불과 몇 시간 전만 해도 아버지는 자신을 아버지라고 말했던 것이다. 그런데 그게 사실이 아니란 말인가.

갑자기 목에서 헛구역질이 치밀어오르는 것 같아 나는 숟가락을 내려놓았다. 감당하기 힘든 피로가 느껴지면서 온몸의 힘이 빠져 나갔다. 어떻게든 입을 떼려고 입술을 달싹였지만 아무것도 말이 되어 나오지 않았다. 차라리 잘 됐구나 싶었다. 나는 더 이상 아무것도 알고 싶지 않았다.

# 5.
# 생활기록부

월요일 날 학교에서도 미심쩍은 일이 있었다. 한가족이 되기 위한 절차로 여기기에는 순간순간이 놀라움의 연속이었다.

아버지와 함께 학교에 도착한 것은 아침 열 시가 넘어서였다. 마침 준석이와는 학교가 다르다고 했다. 안도감이 느껴졌다.

교문으로 들어가면서 나는 이 학교가 나의 마지막 고등학교이기를 바랐다. 제발 이 학교에서 졸업을 하게 해 달라고 빌고 싶은 기분이었다. 나는 중학교를 세 번 옮겨 다녔고, 지난번 다니던 고등학교는 겨우 한 달 남짓 만에 그만두었다. 이 학교 저 학교 전학을 다니는 일은 생각만 해도 끔찍하다.

이번에 다니게 될 학교는 남녀 공학인 모양이었다. 마침 쉬는 시간인지 교실에서 뛰어다니는 남자애들이 창문을 통해 여럿 눈에 띄었다. 중학교는 물론 외가에서 다니게 된 고등학교까지 여학교였던 터라 좀 색다른 느낌이었다. 그렇다고 해서 그런 것에 신경이 쓰일 만큼 나는 한가롭지 않았다. 그저 조금 의외일 뿐이었다.

전학 절차는 그리 오래 걸리지 않았다. 행정실에서 수속을 마치고 교무실로 들어갔더니 교무부장이 담임을 소개시켜 주었다. 젊은 여자였는데 수학 담당이라고 했다. 깡마르고 턱이 유난히 뾰족한 사람이었다.

아버지가 고등학교 때 전학을 하게 되어 어떨지 모르겠다며 걱정하자, 담임이 컴퓨터에 입력된 내 생활기록부를 훑어보며 건성으로 몇 마디 했다.

"성적은 괜찮은 편이네요. 우리 학교에 실력 있는 애들이 좀 많기는 하지만 별 문제 없을 것 같고요. 요즘 애들이야 뭐 분위기 파악만 되면 적응하는 건 문제없어요."

인상과 달리 말투는 조금 어눌한 듯했다. 나는 아무도 몰래 혼자서 입술을 삐죽였다. 지난번 학교에서 시험을 친 적도 없는데 뭘 보고 성적이 괜찮다고 하는지 이해가 되지 않았다. 하지만 상관없는 일이었다.

담임이 다음 날부터 입어야 할 교복과 새로 사야 할 교과서, 시간표 따위를 설명하고 있을 때였다. 교감이 담임더러 가까이 오라며 손짓을 했다. 아버지와 담임이 얼른 일어나 교감한 테로 갔다.

그 사이에 나는 우연히 담임이 켜 놓은 컴퓨터를 엿보게 되었다. 취미라든가 장래 희망 따위가 자세히 기록되어 있었다. 그러다가 가족 사항란에 시선이 머물렀다. 낯선 여자의 이름과 아버지의 이름, 그리고 어느새 올라 있는 내 이름을 확인하다가 나는 조금 놀라고 말았다. 맨 끝에 윤준석이라는 이름이 올라 있었는데 관계는 동거인이었다.

순간 내 입에서는 저절로 안도의 한숨이 흘러나왔다. 그저께 밥 먹다가 준석이가 친척이 어떻고 하는 바람에 얼마나 마음이 흔들렸던가. 잠자기 전에 소영이와 통화를 하는데도 내내 딴 생각이 나서 혼이 났다. 소영이는 몇 번이나 "야, 정신 차려!" 하면서 주의를 주었다. 하지만 소영이에게도 말할 수 없는 부분이 있었다. 숨기기 위해서라기보다는 뭐라고 꼬집어 설명할 수 없는 점 때문이었다.

친척이라는 말은 검은 함정 같았다. 구체적인 관계를 얼버무리는 비겁한 표현이거나 아무런 관계도 아니라는 말 같았다. 어느 쪽도 다 내게는 불리할 수밖에 없는 일이었다. 누군가 나서서 그가 내 아버지가 아니라고 해도 나는 할 말이 없다. 아마 남의 집에 얹혀사는 것 같은 느낌을 떨치기 힘든 것도 그 때문일 터이다.

그런데 나는 분명히 자식이라고 표시되어 있고 남자아이는 아니었다. 물론 그 아이는 성까지 다르다. 그렇다면 도대체 어떻게 된 일일까.

'맞아, 준석이가 비록 아버지라고는 부르지만 그건 그냥 편의상 그러는 것뿐이야.'

나는 그런 판단을 내렸다. 세상에는 양아버지라는 희한한 관계도 있는 법이니까. 그렇다고 해서 완전히 편안한 마음은 아니었다. 여전히 께름칙한 느낌이 남아 있었다. 아무래도 내가 알지 못하는 비밀 같은 게 있을 것만 같았다. 그것이 무엇이든 지금으로서는 나를 또다른 궁지로 몰아넣는 내용이 아니기를 바라는 수밖에 없었다. 여기에서마저 추방된다면 나는 정말 갈 곳이 없다.

# 6.
## 조금만 더 기다려라

아버지와 나는 일찌감치 학교에서 나와 교복과 책을 사느라 꽤 오랫동안 돌아다녔다. 오후 한 시가 넘어서야 점심을 먹기 위해 스파게티 집으로 들어갔다.

"새 학교 배정받고 나니까 소감이 어때?"

"뭐 그냥……."

나는 자리에 앉으면서 정신없이 대답했다. 이런 식의 질문을 벌써 몇 번이나 받았는데도 여전히 익숙하지 않았다. 기분이 어떠냐, 소감이 어떠냐 하는 식의 간질간질한 질문들 말이다. 내가 아는 어른들은 아이에게 아무도 그런 식으로 묻지 않았다. 그런 추상적인 질문을 하기에는 어른들의 머리 구조가 지나치게 현실적인 것으로만 가득 차 있어서인지도 모른다.

어디 갔었어? 밥은 먹었니? 그런 대화만으로도 얼마든지 잘 살 수 있다고 믿는 게 바로 어른들이다. 그런데 아버지라는 이 사람은 가끔 이상한 질문을 한다. 소감이 어떠냐고. 그런 질문을 받을 때마다 나는 소스라쳤다.

문제는 대답을 하고 난 뒤에도 왠지 찜찜한 느낌이라는 거였다. 늘 무언가를 더 말해야 할 듯한 미진함이 남아 있었다. 고맙습니다라든가 앞으로 잘할게요 같은 말이라도 해야만 되는 걸까. 그게 예의일까.

아버지와 음식점에 앉아 있다는 게 거북하지는 않았지만 스파게티 맛은 잘 느낄 수 없었다. 뭔가를 더 보여 주어야만 한다는 부담은 나를 점점 더 궁지로 몰아넣을 것 같다. 마치 시험을 치르고 있는 느낌이랄까.

나는 마침내 벼르고 있던 말을 꺼낼 요량이었다. 더 상처받기 전에 알 건 알아야겠다는 생각도 없지 않았다. 마음을 먹고 보니 문제는 분명하다는 느낌이었다.

아버지는 기분이 어떠냐는 질문에 앞서 다른 것을 물어 보았어야 했다. 뭐 궁금한 것은 없느냐고 말이다. 그거야말로 어른들이 좋아하는 질문 아닌가. 그러면 나는 물었을 것이다. 도대체 나는 누구냐고. 아니, 아버지의 이름은 무엇이냐고.

나는 포크를 내려놓은 다음 자세를 고쳐 앉았다. 우선은 아무것도 모르는 양 시치미를 떼는 게 좋을 것 같았다.

그 때였다.

"미용이가 만화책을 아주 좋아한다면서?"

아버지가 새치기를 하듯이 먼저 말을 꺼냈다. 나는 어쩔 수 없이 움츠러들고 말았다. 무엇보다 만화책이라는 말이 입 안의 가시처럼 덜컥 마음에 걸렸다. 기억의 갈피를 뒤지면서 이것저것 무언가를 가늠하고 추측할 필요도 없었다. 만화책을 나와 관련시킨다는 것은 최소한 좋은 징조는 아니었다.

"이제는 보지 않아요."

나는 때를 놓칠세라 재빨리 받아쳤다. 말해 놓고 보니 무척 께름칙했다. 무엇보다 이제는 만화책을 보지 않는다는 것은 사실이 아니었다. 최근에도 『몬스터』를 4권에서 9권까지 읽었다. 남자아이가 저지르는 살인 행각의 배경이 부모 역할을 하던 어른들과 연관될 때마다 나는 숨이 턱턱 막혀서 책을 덮어야만 할 정도였다. 악을 상징하는 소년과 대면하는 순간은 내게 유혹이면서 또한 상처를 헤집는 일이기도 했다.

게다가 대답한 타이밍이 빨라도 너무 빨랐던 것 같다. 마치 내 잘못에 대해 곧바로 수긍하고 항복한 느낌이랄까. 그러자 이번에는 조금씩 울화가 치밀었다. 그 만화책들 때문에 그만큼 당했으면 됐지 무슨 주홍글씨도 아니고 이 곳까지 와서 또 괴롭힘을 당해야 하나. 내가 무슨 전과자라도 되는 걸까.

"아니, 너를 나무라는 뜻으로 꺼낸 말이 아니란다."

내가 흥분한 것을 눈치채기라도 했는지 아버지가 얼른 변명하듯이 손을 내저었다. 하지만 그 또한 늦었다는 느낌이었다.

내 앞에서 만화책이라는 말을 꺼낸 이상 왠지 실망스러운 느낌이었다. 지금까지는 잘도 점잔을 뺐지만 아버지도 수많은 다른 어른들과 다를 바가 없다는 생각이 들었다. 아니, 선전포고라도 받은 느낌이었다.

"난 그냥 뭐랄까……."

아버지는 포크를 접시에 내려놓고는 내 눈치를 보면서 천천히 물을 마셨다. 그렇게 잠시나마 시간을 끌 모양이었다. 하지만 내 속은 부글부글 끓고 있었다.

지난번 학교에서 있었던 만화책 사건은 정말 사건도 아니었다. 아무것도 아닌 일을 사건으로 만든 사람은 몇몇 선생님들과 학부모들이었다.

물론 오해할 만한 점은 있었다고 생각한다. 나는 상관없다고 생각했지만 만화책 내용이 보는 사람에 따라 조금 야하다고 느낄 수도 있다는 것과 그런 것을 학교에 가져와 야자 시간에 들여다본 것은 명백한 나의 부주의였다.

그 만화책은 소영이의 언니 것이었다. 우리나라 서점에서 산 것은 아니고 일본에서 아는 사람을 통해 직접 들여온 것이었다. 소라 언니는 대학에서 국문학을 전공하지만 만화가가 되는 게 장래 희망이었다.

소영이와 내가 그 만화책들을 읽기 시작한 것은 정말 우연이었다. 처음에는 책장만 넘기면서 그냥 그림만 구경했다. 하지만 중학교 3학년 때 일어를 배운 것도 실력이라고, 가끔 사전을 찾아 읽다 보면 내용이 눈에 들어왔다. 재미있는 만화책이 적지 않았다. 나는 그 책을 빌려다가 심심하거나 우울할 때마다 읽곤 했다.

언어가 낯설어서인지 아니면 사뭇 파격적인 내용 때문인지 집중이 잘 될 뿐 아니라 잠깐만 봐도 머릿속이 맑아지는 느낌이 들곤 했다. 졸음이 오거나 마음이 무거울 때는 그보다 더 좋은 것이 없을 정도였다.

그 날은 오래 들여다본 것도 아니었다. 십 분만 보면서 머리를 식힌 뒤 공부해야겠다는 생각으로 잠깐 들여다본 게 화근이었다. 야자 시간에 감독을 맡은 학부모가 선생님에게 보고했고, 잠시 뒤에는 교감 선생님과 문제의 학부모가 나를 둘러쌌다.

나는 지금도 선생님이 내가 잘못한 부분만 탓하고 나무랐으면 될 일이었다고 생각한다. 학기 초여서 선생님이나 학부모들의 의욕이 지나쳤다고 감안하더라도 이건 명백히 도를 넘는 반응이었다. 더구나 문제가 된 것은 조금 엉뚱한 것이었다.

학교에서는 무엇보다 내가 본 만화책의 내용을 가지고 걸고 넘어졌다. 내용이라고는 하지만 엄밀히 말해 줄거리가 아니라 그림이었다. 그 만화책을 읽을 수 있는 선생님들은 많지 않은 것 같았다. 몇몇 장면이 그 만화의 내용을 규정하는 그런 식이었다.

그 일로 외숙모가 학교에 불려 갔다. 그 날 밤 외삼촌은 내 방에 있던 만화책들을 다 찢어 버렸다.

그 뒤 학교 친구들 사이에는 내가 동성애자일지도 모른다는 소문이 퍼졌다. 어쩌면 세상에 알려지지도 않은 조직이 있고 내가 그 일원일 수도 있을 거라고 했다. 그게 아니고서는 일본에 간 적도 없는데 최신판 일본 만화책을 어디에서 빌려 보았겠느냐는 식이었다.

동성애자일지도 모른다는 것은 동성애자나 다를 바 없는 것으로 통했다. 동성애 장면이 조금 나온 만화를 보았다고 해서 동성애자가 되다니, 나는 기가 막혀 말이 나오지 않았다.

외삼촌네 식구들 중 어느 누구도 나와 말을 하지 않으려고 했다. 외숙모는 그런 징그러운 책을 보는 아이는 더 이상 보살필 수 없다고 선언했다. 정말 가증스러운 일이었다.

외숙모가 나를 미워하는 이유는 그게 아니었다. 학부모들이 아이들 야자 시간을 감독하도록 정한 학교 방침이 전달되면서 외숙모는 눈에 띄게 히스테리를 부렸다. 어떻게든 당번에서 빠지려고 두어 번 수를 쓰면서 피해 봤지만 소용없었다. 휴대폰으로 계속 문자가 날아든 모양이었다.

나는 이해하려고 했다. 원래부터 자기 책임이 아니었던 아이를 대신 키운다는 것은 쉽지 않은 일이다. 온갖 희생을 대가도 없이 요구하는 것이다. 거기다 초등학생들인 자기 자식들 돌보는 것도 힘들고 고달픈데 애먼 곳에 가서 당번까지 서야 하다니.

하지만 아무리 그래도 이건 너무한 일이었다. 아무도 나를 이해하지 않았다. 소영이한테 말했더니 나보다 더 펄펄 뛰었다. 남녀공학에 다니던 소영이는 남자아이들이 휴대폰에다 얼마나 음란한 동영상을 담아서 학교에 오는지를 알면 다 퇴학을 시키겠네 하면서 빈정거렸다. 다행히 소라 언니는 만화책이 다 망가졌는데도 심술만 조금 부렸을 뿐 크게 질타하지는 않았다.

한 사람의 의도가 끝없이 왜곡되고 그것을 아무렇지도 않게 지켜보는 사람들이 얼마나 무서운지를 뼈아프게 경험하고 깨달았다. 엄마는 꿈에 나타나 더 악아지라며 잔소리만 늘어놓을 뿐 위로해 주지는 않았다. 게다가 이렇듯 만난 지 얼마 안 된 아버지마저 그 문제를 한 번은 짚고 넘어가야겠다는 듯 걸고넘어지고 있지 않은가. 나는 분하고 답답한 심정이었다.

"사실 지난번 학교에서 만화책 때문에 네가 곤란을 당했다는 이야기는 담임 선생님한테 들었다. 지금 그걸 가지고 새삼스레 널 나무라려는 건 절대 아니니까 안심하렴. 난 그냥 네가 일어로 된 책을 보았다니까 만화에 어떤 남다른 취미라도 있는 건지 물어 보려고 꺼낸 말일 뿐이야. 그렇잖아? 단순히 만화방에서 빌린 것도 아니고 네가 직접 구해서 읽은 거라니 궁금할 수밖에."

나는 아버지의 말을 위태롭게 듣고 있었다. 겉으로 드러난 것과 그 안에 숨어 있는 뜻을 감지하려고 애를 썼다. 잘 모르겠다는 느낌이었다. 하지만 그 잘 모르겠다는 것 때문에 마음은 조금 풀어졌다. 아버지 말에 어떤 깊은 질책의 뜻이 숨어 있더라도 그것이 내 앞에서 날을 드러내지 않는다면 굳이 따지고 싶지는 않았다. 사람마다 마음 안에 수만 가지 생각을 가두고 사는데 그것을 다 문제 삼을 수는 없는 노릇이다. 확실한 것은 나는 만화책 이야기는 더 이상 하고 싶지 않다는 거였다.

한동안 말없이 포크에 스파게티를 감아 입 안에 넣었다. 아버지는 더 이상 먹지 않고 담배를 피웠다.

"준석이는 누구예요?"

흐지부지 식사가 끝났을 무렵 나는 조금 부루퉁한 목소리로 물었다. 아버지가 먼저 일어선다면 언제 또 물어 볼 기회가 생길지 알 수 없는 일이었다. 그런데 나에 관해 묻는다는 게 생뚱맞게도 준석이가 누구냐는 말이 튀어나오고 말았다.

준석이가 누구냐는 질문은 어쩐지 비겁한 것 같다. 마치 남의 잘못을 고자질하는 느낌이다. 차라리 아버지의 성이 무어냐고 물었어야 하는 게 아닐까. 나는 갑자기 낯이 뜨거웠다.

"사실은 너한테 그 이야기를 해 주려고 일부러 이렇게 자리를 만들었는데……."

그런데 왠지 내 기분이 좋지 않은 것 같아 그만두려 했다는 걸까.

아버지는 입을 굳게 다물면서 어떤 비장한 각오를 드러냈다. 내 출생의 비밀 같은 게 드디어 밝혀지려나 보다. 준석이에 관해 물어 놓고도 나는 그런 생각을 하면서 불안해했다.

아버지는 나와 잠시 눈을 맞추고 나더니 입을 열었다.

"넌 내 이름을 알고 있니?"

"네, 이, 이용경이라고……."

"하지만 준석이는 아버지 이름을 이용경이 아니라 윤용경이라고 알고 있단다."

"네?"

"그 아이에게 내 이름은 윤용경이다."

무릎 위에 올려져 있던 내 두 손이 부르르 떨렸다. 또 그 이야긴가. 아니, 결국 그렇게 되는 건가. 도대체 어떻게 그런 일이 있을 수가 있나. 학교 생활기록부에도 이용경으로 되어 있는 아버지가 무슨 까닭으로 윤용경이 되어야만 했던 걸까.

아버지가 한숨을 길게 내쉬더니 자초지종을 들려주기 시작했다. 충격적인 이야기였다. 이른바 결손 가정의 아이로 십오 년을 살면서 한 번도 들어 보지 못한 그런 이야기가 아버지 입을 통해 전해졌다.

준석이가 아버지 아들이 되기까지의 사연은 내가 들었던 내용과 별로 다를 바가 없었다. 부모가 교통사고로 죽은 뒤 그 아이가 이 집 저 집 떠돌아다녔다는 이야기를 들을 때는 진심으로 마음이 아팠다. 가슴 정중앙을 누군가 둔기 같은 것으로 내리친 것 같았다. 아버지와 준석이의 이모였던 아줌마가 아이를 키우겠다고 나섰을 때 말리는 사람은 아무도 없었다고 한다.

문제는 준석이를 누가 키우느냐 하는 것은 아니었다. 준석이의 성이었다. 준석이의 친할아버지는 입양하겠으니 도와 달라는 아버지 청을 일언지하에 거절했다고 한다. 윤씨 집안의 아이를 다른 성씨로 키울 수는 없다는 것이었다. 그렇다고 윤씨 집안의 누군가 나서서 맡아 키우겠다는 것도 아니었다.

결국 선택할 수 있는 방법은 하나밖에 없다는 결론이 내려졌다. 준석이의 성을 바꿀 수 없다면 아버지가 성을 바꾸어야만 하는 것이다. 그래야만 가족이 될 수 있는 것이다.

그렇지만 아버지 성을 바꾼다는 것은 더 어려운 일이었다. 아니, 불가능했다고 한다.

아버지가 가짜 윤용경이 된 사연은 그랬다.

'아무리 그래도 준석이는 어떻게 아버지의 진짜 성을 모르고 살 수가 있어요?'

내 마음 저 안에서 그런 질문이 튀어나오려고 했지만 내 안의 또다른 무언가가 그것을 가로막았다. 준석이가 누구냐는 질문은 홧김에 할 수 있었는지 몰라도 더 이상은 아니었다. 그 이유는 오래 생각해 보지 않아도 알 것 같았다. 내 입에서 '아버지'라는 말이 나와 주지 않기 때문이었다. 나는 아버지라는 말을 해 본 적이 없었다.

초등학교 때부터, 아니 어쩌면 유치원 때부터 남 앞에서 아버지 이름을 말해야 할 때가 얼마나 많았던가. 내가 보기에 그것은 일종의 존재 증명과도 같았다. 아버지 이름이 뭐고 어머니 이름이 뭐라는 것만큼 자기 자신을 확연히 드러내는 것은 없었다. 엉뚱한 아이가 진짜 역할을 하는 동안 나는 아버지 이름을 감히 입 밖에 꺼내 보지도 못했던 것이다.

"너한테는 정말 미안하다. 갑자기 환경이 바뀐 것만 해도 힘들 텐데 이런 부담까지 안겨 주다니 정말 면목이 없구나."

아버지가 나를 똑바로 보며 말했다.

나는 뭐라고 말할 수 없이 혼란스러웠다. 도대체 뭐 이런 가족이 다 있는 걸까. 이것도 가족이라고 할 수 있나. 아버지는 어째서 이렇게 힘든 삶을 선택한 걸까. 스르르 힘이 빠지는 걸 보면 그 동안 아버지와 함께 산다는 것에 대해 은연중 기대를 했던 것 같다.

사실 학교 앞에서 하숙을 할까 하는 생각을 해 보지 않은 것도 아니었다. 엄마가 남긴 돈이 조금 있으니 대학은 가기 힘들어도 고등학교는 졸업할 수 있을 것 같았다. 그러고 나서 취직을 하고 또 어찌어찌 하다 보면 나이를 먹어 서른 살 정도가 되어 있지 않을까. 그 나이라면 겁날 게 없을 것 같았다. 인생의 많은 문제들이 해결되어 있을 것 같았다.

그럼에도 아버지를 선택한 것은 일종의 복수심 때문이었다.

외삼촌들은 이모나 엄마보다도 더 아버지를 혐오했다. 아버지는 그들에게 사람을 잡아먹는 사악한 용이었다. 엄마가 죽고 난 후 어떻게든 나를 거두어들이려 했던 것도 외가 식구들이 아버지에게 공통으로 느끼던 적개심 때문이었다.

그런 가운데 내가 아버지를 따라나선다면 그들의 양심은 심각한 상처를 받을 터였다. 상상만으로도 통쾌한 일이 아닐 수 없었다. 하지만 지금 돌이켜 보면 정말 바보 같은 생각이었다. 아버지를 만난 순간 솔직히 외가 식구들은 안중에도 없었다. 짐작도 하지 못한 새로운 상황에 정신을 차리는 것조차 힘들 지경이었다. 더구나 이런 기막힌 일에 얽혀서 난데없이 아버지의 친척으로 지내야만 한다니.

"미용아!"

"네."

"조금만 기다려 줄 수 없겠니? 조만간 준석이에게 모든 것을 말하고 잘못 된 것, 뒤바뀐 것을 바로잡을 작정이다. 네가 아버지를 믿고 기다려 줬으면 하는데……."

그러면서 이제는 세상이 달라지고 있다는 말도 덧붙였다. 얼마 전에 호주제가 폐지되면서 희망이 생겼다는 거였다. 하지만 마음이 아무리 급해도 조금은 더 기다려야 할 것 같다고 했다. 법이 제구실을 하려면 시간이 필요하다고 했다. 그렇게 말하는 아버지 눈빛이 젖어 있는 것 같았다. 정말 부담스러운 표정이었다.

마음이 흔들리던 내게 결정타를 먹이듯 아버지는 한마디를 더 했다.

"정말 미안하다."

그 바람에 기침이 터져서 나는 허리를 굽힌 채 캑캑거렸다.

눈에서 눈물이 삐져나왔다.

그 때 어떤 손길이 다가와 등을 쓸어 주는 게 느껴졌다. 나는 얼른 고개를 쳐들었다. 아버지였다. 게다가 아버지는 물잔까지 내밀었다.

"마시면 곧 나아질 거야."

나는 무슨 대단한 환자 같은 표정으로 컵을 받아 한 모금 마셨다. 목구멍 안에서 치밀어오르던 뜨거운 기운과 시원한 물이 만나 또다시 기침이 터졌다. 기침은 한참 만에야 겨우 멎었다.

"괜찮으면 그만 나갈까?"

아버지가 앞장섰다. 카운터에서 계산하는 뒷모습을 쳐다보다가 나는 아버지의 등판이 아주 넓다는 생각을 했다. 하지만 적어도 당분간은 내 아버지가 아닌 것이다. 불현듯, 내친김에 하나만 더 물어 볼까 하는 오기가 생겼다.

그렇다면 지금 이 순간 아버지 이름은 무엇인가요?

생각만으로도 닭살이 돋는 것 같았다. 무엇보다 '아버지'라는 말을 입 밖에 내야만 하는데 내게 그것은 여전히 넘을 수 없는 산이었다.

나는 결국 묻기를 포기한 채 아버지보다 먼저 식당을 나오고 말았다.

야자가 끝난 뒤 개천을 따라 걸으면서 집으로 가고 있는데 휴대폰으로 문자 들어오는 소리가 들렸다. 안 그래도 가방에서 엠피스리를 꺼내려던 참이라 나는 잠시 걸음을 멈추었다. 우선 휴대폰부터 꺼내 당연히 소영이의 메시지라고 생각하면서 폴더를 열었다.

가치가!

보낸 사람 이름은 강미선이라고 되어 있었다. 나도 모르게 걸음을 멈추고 뒤를 돌아보다가 하마터면 누군가와 머리를 맞부딪칠 뻔했다. 웬 아이가 뒤에서 기다리고 있다가 일부러 내 얼굴 쪽으로 자기 얼굴을 들이민 것이었다.

"놀랐지?"

가로등이 훤해 충분히 얼굴을 알아볼 수 있었다. 같은 반 아이였다.

"왜? 뭐 할 말이라도 있어?"

목소리가 나도 모르게 퉁명스럽게 튀어나왔다. 지난 시험 기간에 나는 반 아이들에게 완전히 질리고 말았다. 모든 게 낯선 터라 뭐라도 물어 볼라치면 친절하게 가르쳐 주기는커녕 뭘 빼앗으려는 사람 취급을 하면서 밀어 내기 바빴다. 아무리 내신이 절대적으로 중요해졌다 하더라도 너무 냉정하고 비인간적으로 느껴졌다. 그 때문에 나는 아무 도움도 없이 고단하게 시험을 쳐야 했다. 미선이도 그렇게 나왔던 반 아이들 중 하나였다.

"같이 가자는 것뿐이야."

내 태도를 무시하기라도 하듯 그 아이는 조금 더 가까이 다가오더니 더럭 팔짱을 꼈다. 나는 어깨를 으쓱했다. 목소리와 얼굴 느낌이 아주 다른 아이였다. 갸름하고 뾰족한 턱은 날렵하면서도 귀염성이 있었다. 그러나 생각 없이 너무 들이댈 때는 어쩐지 빙충맞은 느낌이었다.

며칠 전 쉬는 시간에 『몬스터』를 다 봤느냐고 묻는 소영이의 문자에 답장을 찍고 있었다. 그 때 미선이가 다가와 다짜고짜 휴대폰을 빼앗더니 그 안에다 제 번호를 입력해 넣었다. 그러고는 하는 말이 가관이었다.

"네가 궁금해할 것 같아서."

아마 그 때 내 번호도 제 휴대폰에다 저장한 모양이었다. 정말 대책 없는 아이였다.

체육 시간에는 일부러 내 옆에 서려고 슬금슬금 다른 아이들을 앞세우고 뒷줄로 내려왔다. 팔을 벌리다가 눈이 마주치면 기다렸다는 듯이 웃었다. 외로운 것 같기도 하고 헤픈 것 같기도 한 웃음이었다.

그뿐이 아니었다. 내가 혼자서 나무 밑에 앉아 있으면 그 옆에 털썩 주저앉으면서 엉뚱한 혼잣말을 늘어놓았다.

"야, 살구나무에 자그마한 열매가 주렁주렁하다."

하지만 그 때도 왠지 썩 끌리지는 않았다. 유치한데다 질퍽거리기까지 하는 아이는 내 취향이 아니었다.

나는 슬그머니 팔을 풀었다.

"야자는 계속할 거야?"

"아마도."

나는 미선이를 보지도 않은 채 빠르게 걸으면서 대답했다. 내가 야자를 하든 말든 그런 게 왜 궁금한지 이해가 되지 않았다.

새로 전학 온 학교는 이전 학교와는 달리 1, 2학년의 경우 야자는 선택사항이었다. 아이들은 대부분 야자보다는 동아리 활동을 하거나 집으로 돌아가 학원에 다녔다. 나는 집에 가는 것보다 학교에 있는 편이 나을 것 같아 남았을 뿐이었다.

"너는?"

"난 그냥 내키면 남아. 집에 있으면 속터지거든."

말을 하고는 씩 웃었다. 마치 너도 그렇지? 하는 웃음이어서 뜨악했다. 평범한 가정의 아이가 집보다는 야자를 선택한다는 게 얼른 납득이 되지 않았다. 나는 시선을 피한 채 고개를 돌렸다. 같이 웃었다가는 무언가 통했다는 오해를 불러일으킬 것 같아 부담스러웠다.

그런데 그 때였다. 미선이가 와락 소리를 질렀다.

"야, 넌 왜 그렇게 꼬였냐?"

"뭐라고?"

나는 소스라치고 말았다. 처음에는 잘못 들었나 싶었다. 꼬였다는 것은 뒤틀렸다는 뜻이 아닌가. 비위에 거슬린다는 말이 아닌가. 사실 그건 내가 반 아이들 모두에게 해 주고 싶은 말이었다. 도움이 절실한 내가 노트 복사라도 했으면 싶어 두리번거리며 구원의 손길을 기다릴 때, 어떤 아이도 나와 눈을 맞추지 않았다. 시험 범위에서 궁금한 게 있어 말을 걸었을 때는 잘 모르겠다는 식의 싸늘한 대답뿐이었다. 황당했다. 나는 정말 상종 못 할 아이들이라는 결론을 내리려던 참이었다. 전학 온 이후 그나마 내게 접근하는 아이가 생겼다는 것은 반갑기 그지없지만 하필이면 이렇게 나사 빠진 듯 허술하기 짝이 없는 아이라니. 거기다 터무니없는 모함까지 하고 있는 것이다. 도대체 꼬이긴 내가 어디가 꼬였다는 걸까. 나는 얼굴을 찡그렸다. 혐오스러운 물건이라도 만진 기분이었다.

"그게 무슨 말이니?"

나는 '재수 없는 말' 또는 엄마가 자주 쓰던 '개뼉다귀 같은 말'이라고 하려다가 참았다. 만만치 않다거나 반에서 영향력이 있는 애 같지는 않았지만 공연히 건드려서 말썽을 일으키고 싶지는 않았다. 어쨌거나 학교 생활을 원만하게 해내는 게 내가 바라는 바였다.

"꼬여도 아주 심하게 꼬인 것 같은데?"

"뭐, 뭘 보고 그렇게 단정짓는데?"

"난 얼굴만 척 봐도 알거든, 얼마나 꼬였는지."

"네가 무슨 의사냐 점쟁이냐?"

"넌 아무리 봐도 창자랑 십이지장에다가 혈관까지 모조리 꼬여 있는 것 같아."

나는 기가 막혀서 입을 딱 벌렸다. 이렇게 노골적으로 말하는 애는 처음이었다. 하지만 어딘지 헛웃음이 나올 것 같기도 했다. 발음하기가 힘들어 버벅거리는 게 일부러 화내는 것 같기도 하고 안간힘을 다해 겨우 화내는 것 같기도 했다. 그만큼 미선이의 말투는 어눌하고 미련스러웠다. 어떻게든 친구를 사귀어야만 학교 생활이 무난하리라는 판단에 조금이나마 곁을 준 게 실수였다. 그 대가로 이렇게 구정물을 뒤집어쓰게 될 줄은 정말 몰랐다.

"야, 사람이 말을 걸면 최소한 마주 보기라도 해야지, 내가 무슨 치한이라도 되냐?"

"내가 왜 널 마주 봐야 하는데?"

"그게 예의니까."

"예의 좋아하네!"

"우리나라는 자고로 동방예의지국이잖아. 지나가다가 모르는 사람을 만나더라도 안녕하세요 하고 인사하는 게 당연한 거야. 하물며 같은 반 친구가 말을 거는데 어떻게 한눈을 팔고 외면을 하니? 전학을 왔으면 나 죽었네 하면서 상냥하게 아는 척도 하고, 먼저 나서서 먹을 것도 사고, 표정 관리도 하고 그래야지, 너 도도해도 너무 도도한 거 아냐? 가만, 그러고 보니 너 혹시 공주병이니?"

어찌나 집요하게 따라붙는지 겁이 날 정도였다. 나는 완전히 질리고 말았다.

"진짜 재수 없어!"

그 소리는 놀랍게도 내가 뱉은 말이 아니었다. 내 입에서 그 소리가 막 튀어나오려는 순간 미선이가 개천을 향해 침을 탁 뱉으면서 선수를 치고 말았던 것이다. 나는 어찌나 울화가 치밀던지 심장이 다 벌렁거렸다.

"누가 할 소리!"

나는 그렇게 소리치고는 앞장서서 터덜터덜 걸어갔다. 미선이는 풀밭을 가로지르더니 징검다리로 개울을 건너가 버렸다. 다행히 그 애가 눈앞에서 사라지는 순간 마음의 불편함은 그럭저럭 가라앉았다. 나는 엠피스리를 꺼내 자우림 노래를 들으면서 천천히 다리를 건너갔다.

2단지 앞 상가 근처를 지나가는데 미선이가 또 나를 불렀다. 정말 진드기 같은 아이였다. 하릴없이 쳐다봤더니 포장마차에 죽치고 서서 순대를 먹고 있었다. 혼자인데다, 배가 몹시 고팠던 듯 게걸스레 먹는 모습이 어딘지 궁상맞아 보였다.

"빨리 와, 맛있어."

미선이는 요란하게 손짓을 해 가며 채근했다. 나는 할 말이 사라져 버렸다. 좀 전에 있었던 일쯤은 하나도 마음에 걸리지 않는다는 표정이어서 어떻게 처신해야 할지 난감했다. 하지만 나는 포장마차로 다가가 이쑤시개를 잡고 순대 하나를 집어 들었다. 엠피스리는 가방 앞주머니에다 쑤셔 넣었다.

"떡볶이도 먹을래?"

"응."

순간 나는 이렇게 단순한 애와 같은 반에다 이웃이 된 것도 알고 보면 운명이지 하는 생각을 했다. 자포자기한 심정이었다. 그러자 마음이 훨씬 편안해졌다. 게다가 가만히 보니 이름에 같은 글자가 들어 있었다. 가까이 지내도 나쁠 건 없을 것 같다는 생각이 들었다. 그런데 마음을 먹자마자 곧바로 위기가 닥쳤다.

미선이가 물었다.

"너 만화 좋아하니?"

"만화라니, 그게 무슨 소리야?"

나는 먹던 동작을 멈추고는 따질 듯이 미선이를 노려보았다. 순간적으로 아버지 앞에 앉아 있을 때가 생각난 것이다. 느닷없는 내 반응에 미선이는 어이없다는 웃음을 터뜨렸다. 이번에는 그 웃음 때문에 짜증이 났다.

그 때 3학년으로 보이는 남학생들이 바지를 둘둘 걷어 올린 차림새로 패를 지어 떠들며 지나갔다. 농구공을 가지고 온갖 동작을 흉내내며 달려가는 아이도 있었다. 자전거를 따라가느라 그 아이들의 걸음은 매우 빨랐다. 그 모습을 보면서 나는 가까스로 마음을 가라앉혔다.

미선이가 볼멘소리로 투덜거렸다.

"만화 보다가 체한 적 있냐? 무서워 죽겠네."

"그래, 된통 체했다가 겨우 살아났다, 왜?"

"아무튼 너 무지 예민하고 웃기는 애 같아. 우연히 엿본 네 책이며 공책 여기저기에 만화 캐릭터가 그려져 있어서 물어본 건데."

"느닷없이 그런 걸 물어 보니까 그렇지."

나는 부루퉁하게 대꾸하고는 물을 마시면서 표정을 가렸다. 밤이라서 다행이라는 생각이 들자마자 갑자기 뒷목이 뻐근해져 오는 게 온몸이 피곤했다. 몇 날 며칠이고 푹 잤으면 좋겠다는 생각이 간절했다. 미선이가 내 안에 쌓인 피로를 새삼 일깨운 것 같았다.

중간고사가 끝난 뒤로 계속 이런 식이었다. 피로를 풀 틈이 없는 게 아니라 날마다 아무것도 아닌 일에 예민하게 반응하면서 피로는 조금씩 더 쌓여 갔다. 책이나 공책에다 낙서처럼 그림을 그려 댄 것도 불안감을 잊기 위해서였을 것이다. 그런데 미선이는 언제 그런 걸 눈여겨본 걸까.

"넌 언제나 이렇게 침울하니?"

미선이가 이번에도 공격적인 반응을 보였다. 예의 그 바보 같은 표정을 지은 채였다. 나는 겸연쩍어서 가만히 듣고만 있었다.

"뭐 그런 분위기 때문에 네가 좀 색달라 보이긴 해. 꼭 뭘 아는 애처럼 보이거든."

나는 어이가 없어 웃고 말았다. 그러나 유쾌하지는 않았다. 오히려 짜증만 더해 갔다. 나는 얼른 미선이와 헤어져 혼자 있고 싶다는 생각을 했다.

"우리 반 어떤 애가 만화 캐릭터 그리는 동아리를 만들 거래. 준비는 다 끝났고 지도 선생님만 구하면 되나 봐. 생각 있으면 같이 들자."

미선이의 수다는 끝없이 이어졌다. 그런데 이제 그만 헤어지려고 막 계산을 서두르고 있을 때였다. 뒤에서 누가 내 이름을 불렀다.

"미용아!"

## 8.
## 모든 것을 다 가진 아이

깜짝 놀라 돌아봤더니 준석이가 서 있었다. 야자를 마치고 집으로 돌아가는 길일 터였다. 나는 당황하고 말았다. 아는 척 하자니 어색한데다 내키지가 않았고, 모르는 척하기도 쉽지 않을 것 같았다. 다행히 안절부절못한 것은 잠깐이었다. 미선이가 호들갑을 떨면서 나 대신 나선 것이다.

"야, 윤준석!"

"어, 미선이네. 너희 둘이 같은 학교니?"

준석이는 신기해하며 감탄사를 내뱉었다. 미선이가 같은 반이라고 일러 주자 준석이는 잘 됐다며 아주 좋아했다.

준석이가 나를 바라보며 말했다.

"미선이 얘가 이 동네 깡패였잖아. 남자애들 닥치는 대로 패고 발로 차고……. 하여간 어릴 적에 얘 때문에 이 동네에서 애 우는 소리가 끊이지 않았단다."

"뭐가 어째? 너 죽을래?"

미선이가 준석이를 향해 주먹을 치켜들었다.

'놀고들 있네!'

나는 몰래 입술을 삐죽였다. 이렇게 되면 미선이에 의해 머지않아 집안 사정이 훤히 드러날 텐데 뭐가 좋아서 저렇게 희희낙락인지, 나는 준석이의 단순함에 치가 떨렸다. 그 단순함 때문에 학교 성적은 좋을지 몰라도 일상에서는 바보 취급 당하기 딱 좋은 것이다. 나는 한시라도 빨리 그 자리에서 벗어나고 싶을 뿐이었다.

"봤지? 하지만 미용이 넌 조심할 필요 없을 거야. 얘가 여자 애들한테는 무지 잘하거든."

"콱 그냥……. 그나저나 너희 둘은 어떻게 알아? 혹시 벌써 사귀는 건 아니겠지?"

"글쎄."

준석이가 약올리듯 미선이를 놀려먹는 사이 나는 집 쪽으로 먼저 걸음을 떼었다. 그러자 준석이가 얼른 뒤따라오면서 말했다.

"같이 가자!"

"어쭈구리!"

미선이는 자기 뒤통수를 탁 치고 나더니 길에 서서 펄쩍펄쩍 뛰고 난리였다. 대단한 정보를 낚았다고 생각할 것이다. 나는 무시한 채 빠른 걸음으로 그 자리를 떴다. 학교에서 또 얼마나 귀찮게 굴까를 생각하니 벌써부터 아찔했다.

"내가 길에서 아는 척하니까 불편하니?"

어색하게 서서 엘리베이터를 기다리는데 준석이가 물었다. 목소리가 떨리는 것으로 보아 제 딴에는 어렵사리 꺼낸 말 같았다.

"아니."

"그럼 다행이고. 앞으로 우리 사이좋게 잘 지내는 게 어때?"

"그래."

자칫하면 그런 의미에서 악수하자며 손이라도 내밀 것 같아, 나는 얼른 대답하고는 등을 돌렸다. 목소리는 내가 느끼기에도 쌀쌀맞았다. 그 때 엘리베이터가 왔다.

"그럼 인상 좀 펴라."

"내가 널 보고 실실거리며 웃기라도 해야 된다는 거야?"

"그, 그런 말이 아니고……."

엘리베이터는 금세 4층에 도착했다. 다행히 내리자마자 기다렸다는 듯 안에서 현관문이 열리더니 아줌마가 고개를 삐죽이 내밀었다.

"왔니? 어, 둘이 같이 왔네?"

"네."

나는 얼른 대답하며 안으로 쏙 들어갔다. 그 때까지 아버지는 오지 않은 모양이었다.

간단하게 씻고 나온 내게 우유 한 잔을 건네주면서 아줌마가 말했다.

"미용이 야자 하기 피곤하지 않아? 힘들면 그냥 집에서 공부해."

"괜찮아요."

나는 무슨 수가 있어도 학교에서 버텨 볼 작정을 하고 있었다. 지난번 학교에서 야자를 하던 습관이 들어서 그런지 그것 자체가 문제는 아니었다. 그보다는 마음이 문제였다. 집에 있으면 그 마음은 모진 풍랑을 겪을 게 분명한 것이다.

"괜찮기는, 기운이 하나도 없어 보이는데."

"아니에요. 저 그보다는……."

나는 망설이는 척 아줌마의 눈치를 보았다. 사실은 즉흥적으로 나온 말이었다. 나를 생각해 주는 것 같은 말의 진의를 알고 싶었던 걸까. 나는 아줌마를 시험해 보고 싶었다.

"방에 휴지가 있었으면 하거든요."

"아, 그래? 내가 금방 갖다 줄게."

아줌마는 베란다로 나가더니 두루마리 휴지 하나를 가져다 건네주었다. 다음에는 뽑는 휴지를 사다 놓겠다는 말도 잊지 않았다. 지나치게 호들갑을 떨지도 않으면서 적당히 친절한 행동에 우선은 안심이 되고 마음이 놓였다.

나는 휴지와 우유잔을 들고 내 방으로 들어갔다.

잠시 침대에 엎드려 있는데 느닷없이 문 두드리는 소리가 들렸다. 아버지가 돌아온 줄 알고 문을 열었는데 뜻밖에도 준석이였다. 나는 당황하여 눈을 동그랗게 뜬 채 멍하니 서 있었다. 준석이 얼굴이 조금 붉어져 있었다.

"할 말이 있어서……."

준석이는 그렇게 운을 떼더니 더듬더듬 말했다.

"그래, 내 생각은 네가 날 보고 좀 웃었으면 하는 거였나 봐. 우리가 길에서 만나 서로 아는 척하고 웃어 주는 게 뭐 잘못 된 건 아니라는 생각이거든. 그렇지만 네가 싫다면 할 수 없지. 그래도 서로 아는 척은 했으면 해. 나는 앞으로 계속 아는 척할 거야."

준석이는 그 말을 남기고는 돌아서 가 버렸다. 무슨 소리냐고 반문할 틈도 없었다. 나는 어이가 없어서 입만 딱 벌리고 서 있었다.

가만 생각해 보니 엘리베이터에서 내가 쌀쌀맞게 말한 게 화근이 된 것 같았다. 그래서 이렇게 보란 듯이 쏘아붙이고 간 것이다.

공부를 좀 하려고 했지만 약이 올라 아무것도 눈에 들어오지 않았다. 그렇다고 잠이 올 것 같지도 않았다. 큰 흠을 잡힌 것 같기도 하고 불쾌한 선제공격을 당한 것 같기도 했다. 게다가 계속 아는 척할 거라는 말은 어딘가 협박조로 들렸다.

"바보 멍청이 똥개 바퀴벌레……."

한참 동안 욕을 하고 나자 허탈감이 몰려왔다. 머리가 어지러웠다. 사실 내가 엘리베이터에서 그렇게 시비조로 말할 필요는 없었던 것 같기도 하다. 어쨌거나 경솔하고 유치한 짓이었다.

그랬다. 나는 나 자신에게 화가 난 것이다. 바보 멍청이는 바로 나였다. 아무래도 모든 게 시험 때문인 것 같았다. 아니, 결국은 준석이 때문이었다.

새 교과서 내용을 파악하거나 진도를 따라잡기도 전에 중간고사가 닥친 것은 나에게 일종의 재앙 같은 거였다. 그 때문에 암기 과목 하나는 겨우 50점을 넘긴 것으로 만족해야 했다. 나로서는 최악의 점수를 받은 셈이었다. 엄마가 살아서 이 사실을 알았더라면 아마 입에 거품을 문 채 기절하고도 남았을 것이다.

중학교에 입학한 후 두 번째 시험에서 어이없는 성적을 받았다는 이유로 엄마는 일주일 동안 나와 말도 하지 않았다. 병세가 점점 악화되고 있던 엄마 때문에 내가 어떤 기분이었는지는 조금도 생각해 주지 않았다. 암은 암이고 성적은 성적이라고 했다. 그만큼 인생은 냉혹하며 어떤 변명도 통하지 않는다는 게 엄마의 생각이었다.

그런데 이번 시험은 그 때보다 더 형편없었다. 처음에는 그저 그런 기분이었다. 얼떨떨했다고나 할까. 몇몇 과목의 내용이 전혀 생소한 것인데다 환경이 바뀐 것은 좋은 핑곗거리였다. 문제집을 충분히 살 수도 없었다. 아무리 생각해도 내 탓은 아니다. 누구든 이런 상황에 처하면 이렇게 될 수밖에 없다. 나는 그렇게 생각하면서 마음을 가다듬었다.

겨우 시험 후유증을 털어 버리고 조금이나마 안정을 되찾을 만할 때 성적표가 나왔다. 그 때만 해도 별다른 동요는 없었다. 사실 성적표보다 나를 옭아매는 것은 많았다. 학교에서든 집에서든 순간순간을 견디는 것이 내게는 긴장의 연속이었다.

성적표를 묵힌 채 어른들에게 보여 주지 않은 것이 의도한 거라고는 볼 수 없었다. 누가 그런 의심을 하지도 않았다. 하지만 왠지 보여 주기 싫었던 것도 사실이었다.

어느 날 밤, 조용하고도 흥분된 감탄 같은 게 어렴풋이 거실에서 들려왔다. 나는 내 방에서 영어 공부를 하고 있었다. 무슨 일일까 궁금하기는 했지만 선뜻 나가 보기에는 아직까지 서먹한 무언가가 있었다.

그런데 잠시 후에 아버지가 방으로 들어왔다. 거의 뛰어들어온 거나 마찬가지로 문을 왈칵 열어젖히면서.

"미용아, 이리 나와 봐라."

밖으로 나갔더니 준석이가 식탁에 앉아 목을 꼿꼿이 세운 채 거만한 표정으로 웃고 있었다. 뭔가 대단한 일이라도 해낸 것 같았다. 하지만 그 때까지도 나는 그것이 성적표와 관련된 일인 줄은 생각도 하지 못했다.

"뭐 그렇다고 이걸로 제 모든 것을 보여 준 거라고는 생각하지 마세요."

준석이는 팔짱을 낀 채 턱을 치켜들고는 거들먹거렸다. 도대체 무슨 소리를 하는 걸까. 뭘 가지고 저렇게 잘난 척을 하는 걸까. 그 궁금증은 곧 풀렸다.

"햐, 이번 시험에서 준석이가 학교에서 일등을 했단다. 전교에서 일등을 말야."

아버지는 몹시 흥분된 얼굴로 햐, 햐 하는 소리를 연발하고 있었다.

나는 너무 큰 충격을 받은 나머지 다리를 휘청하고 말았다. 햐, 햐 소리가 반복될 때마다 내 가슴이 칼에 슥슥 베이는 느낌이었다. 정말 믿어지지 않는 이야기였다.

전교 일등이라니.

준석이가 학교에서 심화반이라는 이야기를 들었을 때도 이렇게 충격을 받지는 않았다. 그 학교는 입학 성적 십 퍼센트 안에 든 아이들을 모아 심화반을 만들고 그 반만 야자를 시키는 거라고 했을 때도 속으로는 콧방귀를 뀌었다. 안정된 환경에서 좋은 학원에 다녔으니까 결과가 좋은 건 당연한 일이지, 하고 말이다. 그런데 이건 달랐다. 전교 일등이라는 건 누구나 할수 있는 것이 아니다.

아버지는 한참 동안 난리굿을 한 것도 모자라 늦은 밤인데도 여기저기 전화를 하면서 분위기를 띄웠다. 게다가 주말인 토요일에는 축하도 할 겸 외식을 하자고 했다. 할머니나 다른 가족들까지 올 거라고 했다.

아버지가 비로소 내 성적표에 관심을 가진 것은 다음 날 아침이었다. 학교 갈 준비를 끝내고 현관을 막 나서는데 아버지가 깜빡 잊었다는 투로 물었다.

"참, 그러고 보니 미용이 너는? 너도 성적표 나오지 않았니?"

나는 현관문 손잡이를 잡은 채 밖으로 나가지도 못하고 고개만 숙이고 있었다. 미안하다든가 면목이 없다는 마음보다는 반발심 같은 게 치밀었다.

"나오기는 했는데요……."

나는 얼버무리면서도 난감한 마음이 들었다. 이럴 때 보란 듯이 성적표를 내놓고 나가 버리는 것도 한 방법이겠지만 그럴 수가 없었다. 간밤에 나는 성적표를 내 손으로 찢어 버렸다. 학교 선생님에게는 잃어버렸다고 말할 참이었다.

"이이는 학교 가는 애를 세워 놓고 지금 뭐 하는 거야?"

아줌마가 나서서 나를 밖으로 떠밀었다. 나는 못이기는 척 얼른 문을 닫고 나왔다.

일층으로 내려가 밖으로 나간 뒤 무심결에 4층을 올려다보았다. 놀랍게도 아버지가 나를 내려다보고 있었다. 시력이 나쁜지 방충망까지 열어 놓은 채였다. 나는 고개를 홱 돌리며 빠른 걸음으로 아파트 광장을 벗어났다.

준석이가 정말 얄미웠다. 나는 나날이 깨달아 가고 있었다.

가장 좋은 것은 이미 그 애가 다 가졌다.

아버지, 집안에서의 확고한 위치, 이제는 성적까지…….

모처럼 집이 생기고 가족이 생겼다지만 어디에도 내 자리는 없다. 나는 진짜 자식도 아니고 가짜 자식도 아닌 모호한 처지에 놓여 있었다. 무엇보다 나는 그 점이 기가 막혔다.

## 9. 미선이의 상상

 

토요일이었다. 일찍 집에 오라는 주문이 있었던 터라 수업이 끝나자마자 서둘러 교문을 나섰다. 유난히 후텁지근한 날씨 탓에 목덜미가 축축하게 젖어 있었다.

혼자서 개천 길로 들어서는데 저만치 뒤에서 미선이가 내 이름을 부르며 뛰어왔다. 그 애는 이틀째 준석이와의 관계를 밝히라며 계속 나를 괴롭히고 있는 중이었다.

"가족도 아니고 친척도 아니라면서 왜 한집에 살아?"

"몰라. 묻지 마."

"아니면 배다른 남매?"

"야, 닥치지 못해!"

"아, 알았어."

내가 걸음을 멈춘 채 버럭 소리를 지르자 미선이는 잠시 주춤하는 듯했다. 하지만 십 초 이상 입을 다물고 있지를 못하는 애였다.

"그럼 너 혹시 어린 신부니?"

눈자위를 희번덕거리면서 고개를 갸웃거린다 싶더니 미선이는 마침내 그런 끔찍한 상상에 이르고 말았다. 어린 신부라니, 영화에나 나올 법한 일을 어떻게 현실에다 대입할 수 있는 걸까. 나는 그 애의 무례함과 상식 이하의 말버릇을 도저히 참을 수가 없었다.

"이 멍청이!"

나는 다짜고짜 달려들어 미선이를 개천 쪽으로 떠밀어 버렸다. 생각 같아서는 발길질로 한 방에 끝내 버리고 싶었는데 그나마 자제한 거였다. 그런 식으로 말하는 아이는 어딘가에 빠뜨려야 직성이 풀리는 법이다.

"엄마야!"

하지만 유감스럽게도 미선이의 몸은 개천가 둑 끝에서 아슬아슬하게 흔들리더니 잠자리처럼 균형을 잡아 버렸다. 이번에는 멱살을 잡으려고 달려들었지만 역시 소용이 없었다. 어찌나 날렵하고 재빠른지 나같이 운동 신경이 둔한 사람은 도저히 잡을 수조차 없는 움직임이었다.

나는 약이 오를 대로 올라서 입에 담을 수 없는 욕설을 한참이나 퍼부었다. 그런 다음 씩씩거리며 푸념을 늘어놓았다.

"너같이 제멋대로 말하는 싸가지 없는 애는 처음 봤어. 무엇보다 너 왜 자꾸 내 근처에서 얼씬거리는데? 네 얼굴 보면 재수 없으니까 제발 내 눈에 띄지 마, 알았어?"

"야, 농담한 걸 가지고 뭘 그렇게 눈을 뒤집냐?"

"농담? 나도 너한테 농담 한번 해 볼까?"

"아, 알았어. 정말 미안해."

나는 점심시간에 우연히 엿들은 이야기가 생각났지만 이내 고개를 가로저었다.

아이들 말에 따르면 미선이 엄마는 서울의 강남 어딘가에서 술장사를 한다고 했다. 새벽에 술에 취한 채 아파트 광장에서 고래고래 술주정을 하면 미선이 아빠가 업어다 집 안으로 데리고 들어간다고 했다. 집에서 살림하는 사람은 미선이 아빠라고 했다. 사실 여부를 알 수 없는데다 앞뒤 배경을 전혀 모르는 상황이었으므로 애초에 그 이야기를 할 생각은 없었다. 미선이에게 얼마나 치명적인지를 떠나, 그런 식으로 비열하게 남의 약점을 물고늘어진다는 것은 결국 내 얼굴에 똥칠하는 것이나 다름없었다. 게다가 그건 미선이 책임도 아니었다. 하지만 네 주제를 생각해, 라고 말해 줄 수는 있을 것이다.

"앞으로 내 앞에서 정말 말조심해. 내가 거친 말 할 줄 몰라서 안 하는 거라고 생각하면 착각이야, 알았어?"

"그래그래. 아유 기집애, 알고 봤더니 너도 성깔이 장난 아니구나?"

"알았으면 빨리 내 눈앞에서 꺼져."

하지만 미선이는 계속 따라붙었다. 이번에는 반 아이들 이름을 하나하나 들먹이면서 빈정거리기 바빴다. 누구는 누구에게 사귀자고 했다가 퇴짜맞고, 누구는 누구와 사귀는데 누가 끼어들어서 머리끄덩이를 잡고 싸운 적이 있다느니 하는 식의 너절한 이야기들뿐이었다. 유명한 폭력 서클에 가입한 아이도 반에서 두 명이나 된다고 했다. 하지만 나는 누가 누구인지 알 수가 없었으므로 흥미를 느낄 수가 없었다. 한참을 혼자 떠들던 미선이는 저희 집 근처에 이르러서야 손을 흔들며 멀어져 갔다.

'뭐 저런 도깨비 같은 게 다 있담!'

혼잣말하듯 중얼거리긴 했지만 내 생각은 벌써 딴 데 가 있었다. 곧 다른 가족들까지 만난다고 하니 유난히 떨리고 긴장이 되었다. 스스로 마음 졸이고 있다는 걸 깨닫자 구차하다는 느낌이 밀려왔다.

나는 가족들에게 잘 보이고 싶은 걸까.

10.

모
과
나
무 아
래
로

달
려
가
지 못
한

날

　　일층 현관 옆 우편함을 지나치다가 408호에 우편물이 잔뜩
꽂힌 것을 보았다. 무의식적으로 손이 갔다. 나에게 중요한 편
지라도 와 있을 것 같은 느낌이 들어서는 아니었다. 요즘 내게
새로 생긴 습관이었다. 특히 토요일 같은 날, 일층 현관을 지나
갈 때면 나도 모르게 우편함으로 눈이 갔다. 오늘도 마찬가지
였다.

　　우편물을 꺼내서 살펴봤더니 하나같이 아줌마에게 온 것이
었다. 각종 고지서와 정기 간행물 같은 시답잖은 거였다. 아버
지 이름이 적힌 우편물은 하나도 없었다. 나는 가슴이 답답해
졌다.

　　우편물을 가지고 올라갈 생각은 없었으므로 도로 안에다 집

어넣었다. 가족에 대한 소속감이 불분명한 상황이라 우편물에 손을 대는 게 어색하기도 했지만 그보다는 어떤 불쾌한 느낌이 내 행동을 가로막았다.

'준석이에게 내 이름은 윤용경이다!'

하지만 아버지 이름은 이용경이다. 그러니 우편함에 그런 이름이 든 우편물이 꽂힐 수 없도록 조처한 것이 분명했다. 아버지는 준석이를 위해 희한한 쇼를 하고 있는 거였다.

나는 현관을 도로 나와 놀이터로 갔다. 기분이 우울한 탓도 있었지만 어떻게든 다른 식구들과 만나는 시간을 늦추고 싶은 생각도 있었다.

그네에 앉아 작은 흔들림에 몸을 실었다.

세상에 낳아 놓기만 했지 여태 내게는 아무것도 해 주지 않은 아버지였다.

나는 여태 학원을 변변히 다닌 적도 없고 좋은 옷을 입어 본 적도 없다. 가장 슬픈 것은 그토록 배우고 싶었던 피아노를 일 년 남짓 만에 그만둔 거였다. 나는 정말 너무 많은 것을 참고 억누르며 살아왔다.

그런데 내가 그러고 있는 사이 아버지가 가짜 아들을 위해 하고 있는 행동은 정말 상상을 초월했다. 이건 희생도 아니라는 생각이 들었다. 이건 명백한 사기였다.

속임수!

갑자기 외숙모들이 주고받던 말이 떠올랐다.

"대학은 근처에 가 보지도 못한 주제에 대학생이라고 속였다잖아요. 그것도 이 나라 최고인 서울대학교 학생이라고."

"어떻게든 표가 날 텐데 속은 것도 참 이상해요."

"글쎄, 얼마나 연기가 뛰어났으면 온 식구를 감쪽같이 속여 넘겼겠어."

"우리 결혼할 때 아버님이 대학 졸업장하고 성적증명서 가져오라고 한 것도 그래서 그랬다잖아요. 또 속을까 봐."

"어디 그것만 냈어? 건강진단서까지 가져오랬잖아?"

"맞아요, 맞아."

나는 도리질을 쳤다.

처음 그 사실을 알았을 때는 조금 웃겼다. 대학 졸업, 그 까짓 게 뭐 대단하다고 속이고 말고 했으며, 또 그게 뭐 그리 중요하다고 온 집안이 나서서 성토하고 나무라다가 마침내 이혼이라는 최악의 방법까지 들고 나온 걸까.

나는 믿을 수가 없었다. 다른 사람이 알지 못하는 무슨 다른 이유가 있었을 거라고 믿었다. 그랬으므로 아버지를 따라나서는 순간에도 그 대목을 대수롭게 여기지 않았다. 그보다는 아버지를 나쁘게 보는 사람들에게 내가 망가진 모습을 보여 주는 게 급선무였다. 그것이야말로 그들을 헤어날 수 없는 괴로움에 빠뜨릴 거라고 나는 굳게 믿었다.

그런데 우편함에 관심을 갖게 되면서 그게 아닐 수도 있겠다는 생각이 들었다. 겉으로 보이는 것과는 상관없이 아버지

삶에서 진실이 차지하는 비율은 얼마나 될까 하는 의문이 일기 시작한 것이다. 아버지는 어떤 사람일까. 과연 내가 상상하는 그런 사람인 걸까.

빌어먹을!

그러고 보니 어느새 아버지에 대한 내 상상은 바뀌어 버렸다. 머릿속의 아버지 그림은 한 달 전 그 때와 판이해져 있는 것이다. 외가를 떠날 때만 해도 내게 이런 마음이 들 줄은 정말 짐작도 하지 못했다.

세상에는 여러 유형의 사람이 있는 것 같다. 아무리 비슷해 보여도 똑같은 사람은 하나도 없다. 그런만큼 호감을 느끼는 유형도 서로 다 다르기 마련이라고 말해 준 사람은 중학교 3학년 때 국어 선생님이었다.

아마도 「벙어리 삼룡이」와 「백치 아다다」를 비교 분석하는 시간이었을 것이다. 어떻게 하다 보니 토론은 '사랑'이라는 주제에 집중되었다.

삼룡이와 아다다는 둘 다 바보였지만 사랑에 대한 상(象)은 사뭇 달랐다. 아다다가 자신의 존재를 아끼고 존중해 주는 사람을 사랑했던 데 반해 삼룡이는 도저히 손에 잡을 수 없는 대상인 '아씨'를 사랑했다. 그래서 더 불행했거나 아니면 행복했을 것이다.

국어 선생님은 말했다.

"자신이 의식하고 있든 아니든 사람마다 이성에 대해 선호

하는 상이 따로 있다는 것쯤은 모두 알고 있겠지? 어떤 사람은 삼룡이처럼 자기보다 나은 상대한테만 늘 관심이 가고, 또 어떤 사람은 자기를 좋아해 주는 사람을 몸 바쳐 사랑한다. 한꺼번에 여러 사람한테 빠져 갈팡질팡하는 사람이 있는가 하면 가까이에 사랑을 두고도 이렇게 소박한 게 내 운명일 리 없다면서 먼 데만 쳐다보다가 세월 다 보내는 어리석은 사람도 있지. 문제는 가짜가 자꾸 눈을 흐리게 한다는 거야. 남들이 다 열광하는 것, 남들이 최고라고 여기는 조건이 나를 현혹하는 거지. 처음에는 예쁘고 멋있어서, 혹은 돈이 많거나 명예가 높아서 선택한 상대가 어느 날부터 점점 매력이 없어 보이고, 더 이상 그 사람에게 열정을 느끼지 못하게 된단 말이지. 따지고 보면 별 결함이 없는데도 그래. 왜 그럴까? 예쁘거나 멋있거나 돈이 많거나 명예가 높은 것에 끌리는 게 은연중 사회에서 습득한 거라면 그렇지 않은 진짜 요소는 내면에 깊이 잠재되어 있기 때문일 거야. 그것을 일찌감치 간파해 내는 사람이 똑똑한 거지. 우리가 산다는 건, 사람을 만나 사랑에 빠진다는 건 어쩌면 이것을 탐구해 나가는 과정일 수도 있어. 어쩌면 평생 연구해도 다 알지 못하는 게 자기 자신이고 또 배우자인 것 같아. 어쨌거나 운이 좋다는 건, 아주 늦어버리기 전에 진정한 짝을 찾아 우선 옆에다 세워 놓는 거겠지?"

그 때 아이들은 이구동성으로 소리쳤다.

"맞아요. 진짜를 알아보려면 연애를 많이 해서 미리미리 실패도 경험해 봐야 한다고요. 그래야만 가식을 벗어 버릴 수 있잖아요. 그런데 우린 이게 뭐냐고요. 만날 시험에다, 공부, 공부, 또 공부, 사람이 이렇게 살아도 되는 거예요?"

그 토론을 하면서 맨 먼저 내 머리에 떠오른 것은 엄마와 아버지의 만남이었다. 두 사람이 처음 느꼈던 감정은 어떤 종류의 것이었을까. 사랑이었을까, 당치도 않은 욕심이었을까. 한 사람은 속였고 다른 사람은 속았다는 것, 그게 다였을까. 정말 그뿐이었나.

머지않아 진실이 초라하게 본질을 드러내고 마침내 헤어지게 되었을 때 엄마나 아버지가 느낀 감정은 또 어떤 것이었나. 서로에게서 벗어났다는 사실에 그저 안도하기만 했을까. 인생을 망치고 도난당했다는 식의 분노와 좌절뿐이었나.

나는 그네 한쪽에 상체를 기댄 다음 좌우로 몸을 비틀어 댔다. 낡은 그네는 삐걱삐걱 혐오스러운 쇳소리를 내면서 흔들거렸다.

나라는 존재가 속고 속이는 과정에서 생겨난 엉터리 결과물이라는 생각은 도저히 참기 힘들다. 원치 않는 아이, 쓸모없는 존재!

소영이한테도 그런 이야기는 하지 못했다. 한번 입을 열면 돌이킬 수 없는 일이 일어날 것만 같았다. 다만 가끔 편지로 대신했을 뿐이다.

소영아,

아무래도 난 잘못 태어난 아이 같아.

엉뚱하게 도착한 우편물 같은 존재 있잖아.

차라리 우편물이라면 되돌릴 수도 있을 텐데 난 그럴 수도 없어.

소중하다는 것은 뭘까.

엄마 아빠가 얼마나 원해야 그런 존재로 태어나는 걸까.


아마 그 편지는 영원히 부쳐지지 않을 것이다. 원래부터 보낼 생각이 아니었으니까. 사실은 어디에 처박혀 있는지도 알수 없다. 비밀 공책에다 베껴 놓는다는 게 그렇게 하지 않았던 것 같다.

나는 다시 한 번 도리질을 쳤다. 자꾸만 나쁜 생각이 떠오를 때는 그 수밖에 없다. 그렇게 하지 않으면 내 안의 무엇인가가 순한 나를 잡아먹어 버리는 수가 있다.

아버지에게는 그럴 만한 이유가 있었을지도 모른다. 정말 그렇게 믿고 싶다. 아이들에게 기분이 어떠냐고 물어 보는 어른이 유치하게 그런 속임수를 썼다는 게 믿어지지 않는다. 아무리 생각해도 눈 가리고 아웅 하는 식밖에 안 되는 일인데.

마음속에 어두운 지옥이 몰려오고 있다.

이럴 때는 좀더 확실한 방법이 있었다. 엄마의 유골을 묻은 모과나무 밑으로 달려가는 것이다. 그 밑에 주저앉고 나면 온

몸의 힘은 다 빠져 나가는 것 같은데도 생각은 단순하고 명쾌해진다. 어쩌면 엄마가 피운 것일지도 모르는 잎이나 꽃, 또는 열매를 바라보고 있노라면 더 이상 나 자신과 싸울 필요가 없어진다.

그 나무는 큰외삼촌 집 마당에 있다.

이모의 고집으로 엄마를 그 모과나무 밑에다 묻는다고 했을 때만 해도 왠지 든든하고 마음이 놓였다. 그 곳은 엄마가 태어난 집이기도 했다. 하지만 자식을 먼저 보낸 충격을 이기지 못하고 외할머니가 돌아가시자 그 집의 주인은 큰외삼촌으로 바뀌어 버렸다.

그리고 얼마 후 나는 그 집에서 나왔다. 그러니 지금은 그 모과나무 밑이 더 이상 든든하지 않다. 아니, 엄마의 죽음마저 누군가에게 빼앗긴 느낌이 든다. 어쩌면 이런 마음의 변화가 지금 내 혼돈의 뿌리인지도 모르겠다.

그러니 이제 마음의 혼란을 극복하는 방법은 없다. 나는 더욱 외로워질 것이다. 나는 내 머리통을 주먹으로 쥐어박았다.

내가 자꾸만 그런 생각을 무찌르려 하는 이유를 나는 안다. 거기에는 아주 불순한 무언가가 있다. 내게 말도 안 되는 일이 일어나고 있는 것이다.

나는 아버지가 좋아지고 있다.

어쩌면 준석이를 질투하는지도 모르겠다.

이게 말이나 되는 소리인가. 이 곳으로 온 지 얼마나 된다고.

내 마음이 용에게 나를 제물로 바치려고 비장한 각오를 하던 그 때로 돌아갔으면 좋겠다.

나는 내가 아버지를 비웃고 미워하면서 살게 될 줄 알았다. 그게 나다운 거라고 생각했다. 그런데 이제는 모든 게 뒤죽박죽이 되어 버렸다.

나는 잘 안다고 믿었던 곳에서 길을 잃은 느낌이다.

　가족들이 모이기로 한 장소는 중국 음식점이었다. 집에서 차를 타고 이십 분 정도 걸려 그 곳에 도착했다. 나는 아버지에게 이끌려 홀 한쪽 구석에 있는 넓은 칸막이 안으로 들어갔다. 서너 명의 사람들이 벌써 도착해 앉아 있었다. 나는 제정신이 아닌 상태라 심장이 떨리고 다리가 후들거렸다. 앞으로 만나게 될 한 사람 한 사람이 적인 것만 같았다. 적진을 뚫고 들어가 어느 곳에든 내가 앉을 자리를 스스로 마련해야 하는 것이다.

　"할머니시다. 인사드려라."

　아버지는 첫 번째 적 앞으로 나를 데려갔다. 깐깐하게 생긴 노인 한 분이 무표정한 얼굴을 들며 나를 찬찬히 살펴보았다. 생김새는 드라마 같은 데 나오는 평범한 노인들과 크게 다르지 않았지만 표정은 훨씬 무뚝뚝하고 거칠었다. 마치 쏘아보는 것 같기도 했다. 하지만 단지 주눅든 내 느낌일 가능성도 없지 않았다. 나는 꾸벅 인사를 했다.

"그래, 왔느냐?"

어디 멀리 여행이라도 다녀온 사람을 대하는 말투 같았다. 그렇다고 잘 다녀왔느냐고 묻는 것도 아니었다. 왔든 말든 상관없지만 왔으니까 왔느냐고 묻는 식이었다. 이미 예상한 일이기는 했지만 그래도 의기소침해지는 건 어쩔 도리가 없었다.

"이 아이냐?"

할머니 옆에 앉은 중년의 남자가 아버지를 쳐다보며 물었다. 겨우 이 아이냐는 것 같기도 했고 이 아이가 틀림없냐고 묻는 것 같기도 했다. 별다른 감정이 묻어난 목소리는 아니었지만 미용이라는 이름이 엄연히 있는데 하는 생각이 들어 조금 섭섭했다. 아니, 그건 반발심이었다. 아버지는 큰아버지라며 인사를 시켰다.

하긴 큰아버지든 할머니든 달려나와 내 손이라도 잡아 줄 만큼 반가웠다면 집으로 찾아와도 벌써 열 번은 찾아왔을 것이다. 내가 아버지 집으로 돌아온 뒤 그러고도 남을 만큼의 시간은 흐른 것 같았다.

그 때 옆자리의 여자가 예쁘다며 와락 내 손을 잡았다가 눈치라도 보듯 금세 도로 내려놓았다. 너무 조용히 일어난 일이라 눈에 띄는 행동은 아니었지만 내게는 작은 사건 같은 거였

다. 여자의 행동에서 나를 향한 연민 같은 것이 느껴졌다. 나를
예쁘다고 칭찬하며 더 반기고 싶은데 왠지 그렇게 하지 못하는
것 같은 인상을 받았다. 알고 보니 그 사람이 큰엄마였다. 그
밖에 여자 어른 두 명과 남자 한 명을 사촌이라며 소개받았다.

준석이가 인사를 했을 때는 단연 성적이 화제였다.

"축하한다. 이번에 일등 했다면서?"

"인물 났다, 자식."

준석이가 집에서처럼 잘난 척하지 않은 것이 그나마 다행이
었다. 조금 지저분하게 자란 뒷머리를 긁적이며 자리에 앉더
니 이내 조용해졌다. 나 역시 아버지가 지정해 준 자리에서 숨
죽인 채 앉아 있었다.

"삼촌이랑 진짜 많이 닮았다!"

대학생쯤으로 보이는 남자가 말했다. 나를 보는 눈이 꽤나
호의적이었다.

아버지와 내가 닮았다고?

뜻밖의 말을 듣고 내 얼굴은 달아올랐다. 나는 어쩔 수 없이
둘러앉은 이들의 반응을 살폈다. 아버지는 뿌듯한 듯 어깨를
으쓱거리면서 '그렇지?' 하는 듯한 웃음을 숨기지 않았다. 할
머니는 별다른 표정의 변화가 없었다. 고개를 조금 끄덕이면
서 수긍하는 것 같기도 했지만 내 상상인지 진짜 그랬는지 분
명하지 않았다.

혹시 치매라도 걸렸나?

하지만 겉으로 보기에는 어디가 불편하거나 한 것 같지는 않았다. 눈동자의 움직임도 보통 노인들처럼 몹시 더뎠지만 초점만은 분명했다. 공연히 감정이 상한 내가 그런 식으로 마음의 불편함을 달래고 있었을 뿐이다.

그 때 큰엄마라는 사람이 갑자기 대학생 같은 남자의 무릎 위에다 손을 올렸다가 내려놓았다. 언뜻 보기에는 별 의미가 없는 행동 같았지만 아무래도 신호라는 느낌을 떨치기 힘들었다. 무언가를 제지하고 있는 것 같기도 했다. 순간, 정지해 있던 내 머리가 돌아가기 시작했다.

'맞아, 난 아버지의 딸이 아니라 친척인 거지. 그러니 아버지를 닮았다는 걸 강조하면 안 되는 거야!'

가슴이 두근거리면서 입 안이 메말라 갔다. 모든 것이 준석이 탓으로 여겨졌다. 할머니가 대놓고 나를 환영하지 못하는 것도, 대학생 오빠가 나에게 물어 보고 싶은 것들을 시원하게 펼쳐 보이지 못하는 것도, 큰엄마가 내 손을 잡고도 호들갑을 떨지 못하는 이유도 나는 알 것 같았다. 그건 순전히 준석이 때문이었다. 준석이 한 사람을 속이기 위해 온 집안이 나서고 있는 건지도 모르는 일이었다. 정말 울화통 터지는 일이 아닐 수 없었다.

제가 그렇게 닮았어요? 정말 이상한 일 아닌가요?

단지 먼 친척인데 무슨 까닭으로 이렇게 닮은 걸까요?

준석이를 겨냥한 그런 말들이 금세라도 입에서 튀어나올 것만 같았다. 아무리 생각해도 기가 막힌 말이었다. 준석이를 혼란에 빠뜨리기에 그보다 날카로운 연장이 없을 것 같았다. 그러나 문제는 그런 말을 꺼낼 상황이 아니라는 것이었다. 내가 중학교 1학년만 됐어도 철부지인 척 한번 방정을 떨어 볼 수도 있겠지만 지금은 아니었다. 낯선 자리에서 덤벙대며 나설 만큼 나는 경망스럽지 않았다.

그 때 다른 사람들이 우르르 홀 안으로 미끄러져 들어왔다. 차가 막혔다는 둥, 집에다 뭘 두고 왔다는 둥 한동안 불만 섞인 큰 소리가 오갔다. 초등학생으로 보이는 아이들 몇 명은 지친 듯 의자에 앉아 칭얼거리기 바빴다.

한참 만에야 분위기가 가라앉고 사람들은 자리를 찾아 앉았다. 어림잡아도 스무 명쯤은 모인 것 같았다. 나는 눈을 어디다 두어야 할지 몰라 쩔쩔 매고 있었다.

"삼촌 닮았네."

여자들이 이구동성으로 소리쳤다. 이번에는 가슴이 답답해 왔다. 꼭 해야 할 말을 하지 못하는 상황이 밀폐된 공간에 갇힌 것처럼 답답증을 불러일으켰다. 나는 충동을 억누르기 위해 고개를 들지 않은 채 가만히 앉아 있었다.

"이분은 둘째 큰아버지, 이분은 첫째 작은아버지……."

아버지가 어른들 한 사람 한 사람을 일일이 소개시켰다. 너무 복잡해서 누가 누군지 헷갈렸다. 나는 정신없이 고개만 끄덕여 댔다.

이 자리에 온 지 삼십 분도 채 되지 않았고 이제 겨우 첫 번째 음식이 나온 참인데, 나는 벌써 그 자리가 싫어지고 있었다. 왠지 거부당한 것 같기도 하고 무시당한 기분도 들었다. 아니, 싸워 보기도 전에 전투를 포기하고픈 심정이었다. 아무래도 내게는 벅찬 싸움이었다. 외갓집 식구가 아버지를 그렇게 단정하듯이 이 사람들도 엄마와 나를 좋지 않게 바라보리라는 것은 불을 보듯 뻔했다. 그런 사람들에게 뭔가를 기대한다는 것만큼 어리석은 행동은 없다.

내가 알지 못하는 이야기가 오래 이어지고 있었다. 집 떠나 있는 자식들 소식, 아픈 사람 이야기, 누가 죽었는데 가 보지 못했다는 아쉬움, 심지어는 옛날에 알던 옆집 사람의 근황까지 식탁에 올랐다.

식사가 얼추 끝나자 나는 공연히 휴대폰을 만지작거리며 시간을 견디고 있었다. 저장된 문자 메시지는 모두 소영이가 보낸 것이었다. 그 중에는 『몬스터』를 왜 아직 다 안 봤느냐며 다그치는 내용이 두 개나 되었다. 조금만 더 기다려 달라는 내용의 답신을 보냈던가 말았던가. 심심하던 참이라 기호를 화려하게 장식하여 하나를 더 보냈다.

그 때였다.

"준석이는 대학 걱정은 안 해도 되겠네."

결국 이야기가 돌고 돌다가 다시 준석이 성적으로 옮아갔다. 말을 꺼낸 사람은 첫째 큰아버지였다. 문제는 그 순간 할머니가 묘한 뉘앙스를 풍기며 대화에 끼어들었다는 것이다.

"사람이 꼭 대학을 나와야 잘 사는 것은 아니다. 애비가 형편이 넉넉한 것도 아니고."

"무슨 말씀이세요, 어머니. 준석이같이 실력 있는 아이는 밀어줘야지요."

그렇게 말한 사람이 아버지는 아니었다. 그 때까지 고개를 숙인 채 불편함을 견디고 있던 나는 얼른 얼굴을 쳐들었다. 처음에는 이게 무슨 마른하늘의 날벼락인가 싶었다. 대학을 나와야 잘 사는 건 아니라니. 형편이 넉넉지 않다니. 내 가슴이 쿵 소리를 내며 무너져 내렸다. 그건 준석이만의 문제는 아니다.

대학에 가고 싶다는 욕망이 이렇게도 강했던가.

나 자신이 스스로에게 깜짝 놀란 순간이었다. 얼마 전까지만 해도 대학은 고사하고 고등학교만 졸업해도 좋다는 심정이었다. 그러고 나면 뭐든 어떻게 될 것 같았다. 그게 내 마음의 전부인 줄 알았다. 하지만 내 안의 무언가는 그 이상을 꿈꾸고 있었던 모양이다. 당당하게 대학을 나와 폼 나게 살자는 꿈이 내게도 있었던 모양이다. 도대체 내가 언제부터 이렇게 뻔뻔해졌단 말인가.

"실력도 나름이다. 가만히 보면 대학을 안 나와도 잘 사는 사람 많기만 하더라. 기술을 익혀도 되고 공무원 시험을 봐도 되고. 준석이 너는 대학까지 기대하면 못쓴다, 알았니?"

"네⋯⋯."

내 눈은 자동적으로 준석이를 향했다. 대단한 잘못이라도 저지른 듯 고개를 숙이고 있는 그 아이가 준석이라고는 도저히 믿어지지 않았다. 녀석은 시든 채소처럼 풀이 죽어 있었다. 이번에는 빠르게 아버지와 아줌마 표정을 살폈다. 아줌마는 의외로 침착하게 표정 관리를 하고 있는 반면에 아버지의 얼굴은 보고 있기가 민망할 지경이었다. 짓궂은 새끼 도깨비가 수십 마리는 기어 올라가 얼굴 살을 이리 비틀고 저리 쥐어뜯고 하는 것 같았다.

내 심장이 거칠게 뛰는 소리가 들렸다. 나는 할머니 말의 의도를 어렴풋이 알 것 같았다. 시원하고 통쾌했다. 어둠 속에서 한 점 불빛을 발견한 듯도 싶었다.

"어머니도 참, 애한테 그게 무슨 말씀이세요?"

아버지의 목소리는 떨리고 있었다. 나는 아예 아버지를 쳐다보지 않았다. 그러나 할머니의 기세는 조금도 수그러들지 않았다.

"왜, 내가 못 할 말이라도 했냐?"

그렇게 운을 뗄 때는 할머니는 말 나온 김에 하고 싶은 말을 실컷 하고야 말겠다는 듯 물 한 모금을 죽 들이켜더니 테이블 앞으로 바투 다가앉았다. 노인의 얼굴에서 얄궂은 심술 같은 것이 흘러내리고 있었다.

"앞으로는 딸도 제사 지내고 한다더라. 부모한테 못 하는 것들도 알고 보면 며느리 낀 아들 녀석들이다."

여기저기서 낭패한 한숨 소리 같은 게 들려왔다. 덩달아 아이들의 꼼지락거림도 줄어들었다. 딸도 제사를 지낸다고? 과연 그 말은 나와 준석이를 염두에 둔 것일까, 아니면 며느리들을 나무라기 위한 할머니 나름대로의 의사 표현인 걸까. 나는 기민하게 머리를 굴리면서 생각을 쪼개고 또 쪼갰다.

"제발 이러지 마세요!"

아버지가 와락 자리에서 일어났다. 단호하고 거친 행동이었다. 아버지가 그렇게 화를 내는 모습은 처음 보았다.

"여보, 그만 갑시다. 가자, 준석아."

옆에 앉은 아줌마의 팔을 잡아당기자 아줌마가 곤란한 표정으로 아버지를 말렸다. 순간 나만 따돌려진 듯 잠깐 동안 소외감에 몸을 떨었으나, 나는 곧 감정을 잘 수습했다.

문제는 그게 아니었다. 여러 사람들의 태도로 보아 한두 번 겪는 소란은 아닌 것 같았다. 큰아버지까지 일어나 말리자 아버지는 겨우 자리에 앉았다. 나는 악마 같은 마음으로 준석이와 할머니를 번갈아 보았다. 모호한 몇 가지가 분명하게 윤곽을 드러내기를 고대하면서. 하지만 더는 큰 소리가 오가지 않았다.

식사가 끝나자 차를 마시겠다며 다들 큰집으로 몰려갔다. 가는 도중에 나는 드디어 이 때다 싶은 순간을 잡았다. 왠지 모를 서운함, 억울함 같은 감정을 풀 기회를 얻은 것이다. 할머니 때문에 준석이 마음이 심란할 때 밀어붙일 필요가 있었다. 부실한 이는 더 흔들어 대야 빠지는 것이다.

"사람들이 왜 날더러 자꾸 닮았다고 하는 거야?"

나는 직접적인 단어 대신 앞서 가던 아버지를 힐끗 가리키면서 물었다. 준석이의 대답은 조금 모호했다.

"글쎄, 그렇게 궁금하면 네가 직접 물어 보지 그러냐? 아니면 내가 물어 봐 줄까?"

녀석이 난데없이 목소리를 높이는 통에 화들짝 놀랐다. 신경질이 배어 있는 것 같기도 했다. 기겁을 한 나는 다른 사람들 눈치를 보면서 얼른 됐다고 얼버무렸다. 무엇보다 내가 그런 질문을 한 걸 아버지가 알아서는 곤란했다. 나는 얼른 녀석의 곁을 벗어났다.

큰집에서 나는 무료하고 지겨워서 죽을 지경이었지만 내색은 하지 않고 앉으라는 곳에 얌전히 앉아 있었다. 어른들은 마치 금기시된 무언가를 대하듯 아무도 나에게 말을 걸지 않았다. 눈길도 주지 않았다. 있어도 없는 사람 취급이었다.

가끔 사촌 오빠라는 사람이 말을 걸기도 했지만 대화는 언제나 단답식으로 끝났다. 그 역시 무슨 말을 해야 할지 모르는 것 같았다.

"이리 와 봐라."

누군가 텔레비전을 틀기에 잘 됐다 싶어 그리로 눈길을 주는데, 과일을 먹고 있던 할머니가 나에게 손짓을 했다. 나는 후닥닥 일어나 할머니 앞으로 가서 앉았다.

"그래, 이름이 뭐라고?"

"미용입니다."

"고등학생이라고 했지?"

"네, 일학년이에요."

"공부는 좀 하는 편이고?"

"그냥 보통인데요."

"요즘 사춘기다 뭐다 해서 부모 속썩이는 아이들이 많다던데, 너는 그러면 못쓴다. 애비 어미 말 잘 듣고 조신하게 지내봐라."

"네."

퍽 부드러운 목소리였다. 혈육의 정 같은 것이 단번에 느껴졌다. 조금 전 식당에서 공연히 날을 세우던 그런 노인이 아니었다.

할머니는 포크로 사과 한 조각을 찍어서 건네주었다. 나는 거의 감격한 심정으로 그것을 받아들었다. 눈시울이 시큰해왔다.

"먹어라, 먹어!"

사과를 먹는 게 무슨 대단한 의식이라도 되는 양 할머니는 다정하게 천천히 손짓을 했고, 나는 경건한 시간을 연장하기라도 하듯 굼뜨게 움직였다. 잘 익은 사과는 아주 달콤하고 시원한 맛이었다.

행여 엄마에 대해서나 외가에서 살았던 일을 물어 볼까 봐

조마조마했지만 다행히 그런 일은 일어나지 않았다. 할머니는 곧 텔레비전으로 눈을 돌리더니 멍해졌다. 마음이 많이 느긋해진 나는 텔레비전을 보다가 흘금흘금 집 안을 둘러보기까지 하면서 여유를 부렸다. 꿇어앉은 다리 모양도 편안하게 바꾸었다. 그러다가 그것을 보았다.

가족사진.

스무 명이 넘는 사람들이 정장 차림으로 그 안에 들어가 있었다. 웅장하고 거창해 보였다. 사진 자체가 집이고 사랑이며 안온한 평화였다.

나는 텔레비전을 보거나 어른들 말에 귀를 기울이면서도 간간이 가족사진을 쳐다보곤 했다. 그럴 리가 없을 텐데도 꼭 그 안에 내가 있을 것만 같았다. 가운데 자리를 당당하게 차지하고 있을 것 같았다. 시간이 지날수록 가까이에서 사진 속을 들여다보고 싶어 안달이 날 정도였다. 하지만 벌떡 일어나 그 앞으로 가기에는 나 자신이 아직은 자유롭지 못한 처지였다. 나는 누구의 눈 밖에도 나고 싶지 않았다.

사람들이 집으로 돌아가려고 일어서기 시작하자 나는 슬그머니 일어나 가족사진 앞으로 걸어갔다. 대번에 눈에 띈 것은 초등학교 고학년쯤 되어 보이는 준석이였다. 나는 없었다. 내 마음은 다시 활활 타올랐다. 내가 그 안에 없다는 사실이 너무나 당연한데도 화가 나는 것이었다. 일단 불이 붙으면 걷잡을 수 없는 게 내 마음이었다.

"할머니, 이제 식구가 늘었으니 가족사진을 다시 찍는 게 어때요?"

내가 사진에 눈을 주고 있다는 것을 알아차린 듯 사촌 오빠라는 이가 소리쳤다. 나름대로 기발한 생각을 해냈다고 자랑이라도 하는 듯 들뜬 음성이었다. 나는 마음을 들킨 부끄러움도 잊은 채 두려운 심정으로 반응을 기다렸다. 물론 더는 내색하지 않으려고 사람들을 둘러보지 않고 고개를 수줍게 숙이고 있었다.

할머니가 즉각적인 반응을 보였다. 하지만 매우 실망스러운 반응이었다.

"그까짓 가시나 하나 때문에 저 큰 사진을 버리고 새로 찍는단 말이냐? 돈이 썩었다."

나는 화르락 얼굴이 달아올라 얼른 고개를 돌리고 못 들은 척했다. 제발 준석이에게 이 장면을 들키지 않았어야 하는데, 생각했지만 그 아이가 어디쯤에 서서 무엇을 하고 있는지 살필 겨를은 없었다.

"정말 고약한 노인네야."

현관 앞에서 살며시 그렇게 말해 준 사람은 몇째인지 기억나지 않는 작은엄마였다.

## 12.

슬픔은 복받치고
아픔은 씻어 내고

집으로 돌아오는 차 안이었다. 아무도 입을 열지 않았다. 아 버지는 아버지대로 잔뜩 골이 나 있었고 아줌마는 운전석 옆 등받이에 상체를 기댄 채 눈을 감고 있었다. 누군가 슬쩍 건드 리기만 해도 폭발할 것 같은 분위기였다. 준석이는 새치름한 표정으로 창 밖의 풍경을 내다보고 있었다.

내게는 매우 불편하면서도 잔인한 장면이었다. 준석이에게 못된 질문을 하고 난 게 마음에 걸렸던 걸까. 세 사람의 분노가 꼭 나를 향하고 있는 것만 같은 생각이 들었다. 아버지마저도 내게 화가 나 있는 것 같았다. 그건 분명히 이상한 착각이었지 만 거기에서 벗어나는 게 생각처럼 쉽지는 않았다.

얼마나 더 갔을까.

신도시 입구에서 아버지가 갑자기 차를 돌렸다. 그러더니 오던 길을 되돌아가고 있었다. 하지만 아무도 나서서 어디에 가느냐고 묻지 않았다. 마치 게임이라도 하고 있는 것 같았다. 먼저 말을 꺼내는 사람이 지고 마는 게임.

아버지가 차를 세운 곳은 청계천이었다. 한 번도 가 본 적은 없지만 신문이나 텔레비전에서 본 적이 있었으므로 나는 금세 청계천이라는 것을 알아보았다.

이국적인 풍경의 거리는 어두운 가운데 불이 켜져 있고 사람들은 사이버 도시에 풀어놓은 로봇 인형처럼 대화나 웃음도 없이 바글거렸다.

그 사람들 틈에 낀 나는 현실 감각이 사라지는 것 같은 느낌을 받았다. 나는 아주 작고 보잘것없는 그 무엇이 되어 있었다. 덩달아 옆에 앉은 준석이나 아버지에 대한 마음도 자유로워졌다. 나는 아무렇지도 않았다.

차에서 먼저 내린 사람은 아버지였다. 차 문이 소리 내어 닫히자 아줌마가 의자에서 등을 떼며 꼼지락거렸다. 두 번째로 내린 것은 준석이였다.

네 사람은 말없이 다리에서 다리 사이를 걸었다. 가끔 다른 사람들이 어깨를 부딪치며 지나갔다. 나는 죄지은 기분으로 아버지 뒤를 따랐다.

그러다가 나는 보았다. 아버지가 앞서 걸어가고 있는 준석이 옆으로 다가가 슬그머니 손을 잡자 녀석이 아버지에게 몸을 기대는 것을. 마치 싸우고 난 연인들이 화해하는 장면하고도 비슷했다. 은밀하면서도 형언할 수 없는 믿음 같은 것이 두 사람을 단단히 묶고 있는 것 같았다. 아니, 둘은 원래부터 하나였던 것 같았다. 거기에는 나 같은 존재가 감히 범접할 수 없는 차가운 위엄, 경건함 같은 게 서려 있었다. 그것을 되새기고 또 되새기다가 나는 하마터면 눈물을 터뜨릴 뻔했다.

차로 돌아왔을 때 마침내 통곡 소리가 터져 나왔다. 하지만 그것은 내가 우는 소리가 아니었다. 아줌마였다. 아줌마가 꺼이꺼이 울음을 토해 내기 시작한 것이다. 나는 당혹스러웠다. 울고 싶은 것은 바로 나였는데 말이다.

"미안하다, 미용아. 조금만 울게."

아줌마가 말했다.

나는 그렇게 눈물마저도 새치기당했다.

집 앞에서 아버지와 준석이는 놀이터로 향했다. 처음 봤던 날처럼 허리 힘으로 서로를 들었다 놓았다 하면서. 마음이 흔들리기는 했지만 절망적이지는 않았으므로 나는 그럭저럭 자제하고 내 방으로 들어갈 수 있었다.

버릴 게 있다는 핑계로 베란다로 나간 김에 열려 있는 문을 통해 바깥을 내다보았다. 나트륨 등이 환하게 비치는 가운데 아버지와 준석이는 서로 얼싸안고 그네 옆에 서 있었다. 아무리 껴안아 주어도 부족하다는 그런 몸짓으로 아버지는 말하고 있는 것 같았다.

'아빠가 얼마나 널 사랑하는지 알지?'

그리고 세상의 다정한 부모 자식 간에 오갈 수 있는 온갖 진부한 말들이 귓전에서 이명처럼 울려 퍼졌다.

'난 너 때문에 살아!'

'아들, 사랑하는 내 아들!'

그 때부터 나는 죽을 것만 같은 심정이었다. 침대 위에서 불덩어리 같은 몸을 굴려 대면서 혼자 아파했다. 엠피스리의 볼륨을 한껏 높였다.

두 여자 가수가 나를 대신해 소리치고 있었다.

I don't know how I'll feel tomorrow, tomorrow I don't know what to say tomorrow, tomorrow is a different day……. 별 하나 없는 새까만 밤에 태어난 우린 사랑받지 못하는 이 운명을 당연히 생각했으니까……. 태어난 채로 버려진 우린 욕망의 배설물. 잃을 것 없는 텅 빈 가슴이 부는 바람에 아려 오네. 우리는 어디로 가는 걸까, 대답은 알 수 없어도. 태양은 다시 떠오르겠지, 내일 우린 여기 없을 테니까. 폭풍우 치는 추운 밤을 우린 걸었지. 가난한 가슴의 서로에게 몸을 기댄 채…….

나는 에이브릴 라빈의 'Tomorrow'와 자우림의 '우리에게 내일은 없다'를 연속으로 들었다.

부드러우면서도 강한 음색은 눈발처럼 휘날렸다.

하지만 도무지 몰입이 되지 않았다. 나는 어떻게든 노래 속으로 나 자신을 들이밀어 편안하게 섞이고 싶었지만 누군가 뱉어 내는 음식처럼 자꾸만 밖으로 비어져 나오는 느낌에 시달리고 있었다. 내 마음은 오로지 창 밖에 있었다. 마음을 붙들어 매듯 이번에는 에이브릴 라빈의 앨범 겉장에 쓰여진 글귀를 뚫어지게 들여다보았다.

'나의 작은 고양이의 생일을 축하하며.'

마음이 조금은 가라앉았다. 가슴이 뭉클하게 젖어 오면서 뻑뻑해 있던 뭔가가 풀어지는 느낌이었다. 나는 에이브릴 라빈의 시디를 가슴에 끌어안았다.

'나의 작은 고양이'는 자우림의 네 번째 앨범 중 '르샤마지끄' 즉 '마법사 고양이'에 나오는 한 구절이었다. 소영이는 김윤아의 열광적인 팬이었다. 사실 나는 김윤아 노래가 좋은지, 처음에는 별 느낌이 없었다. 한 번 듣고는 그걸로 끝이었다. 하지만 가끔 소영이가 물어왔다.

"자우림 어때?"

그 후 나는 숙제를 하듯 자우림을 들었다. 나에게 '우리'라고 부를 수 있는 존재는 소영이밖에 없었다. 그것을 거역할 수는 없었다. 시디를 듣고 민첩하게 '나의 느낌'을 들려주어야 하는 것이다. 그것이 '우리'의 불문율이었다. 다행히 소영이가 복사해 준 시디를 엠피스리에 넣어 반복해 듣다 보니 느낌이 왔다. 마치 그것을 알아들을 수 있는 칩이 뒤늦게 장착된 듯 어느 순간부터 음악이 들리기 시작한 것이다. 자우림 노래는 질리기는커녕 들으면 들을수록 새로웠다.

나는 말했다.

"논리와 이성이 아니라 감정 자체의 즐거움이 살아 있는 것 같아. 가사부터가 다르더라. 아니, 출처가 다르다고나 할까. 머리에서 만들어진 게 아니라 누군가의 마음에서 튀어나와 곧장 내게로 전달된 것 같은 느낌이 들어."

그러자 감동한 소영이는 나를 황홀한 눈빛으로 바라봤었다.

"역시 미용이야! 정말 멋져. 어쩜 그렇게 나랑 생각이 똑같을 수가 있니?"

당연한 일이었다. 모범답안을 말한 거니까. 나는 소영이가 만화나 문학, 음악 같은 것을 통해 추구하는 게 무엇인지 아주 잘 알고 있었다.

내숭떨지 말고 즐겁게 살자!

가식은 공공의 적이다!

소영이가 열광하는 것들은 주로 그런 거였다. 옷을 고를 때도 비슷했다. 나는 그저 쪽팔리지 않는 것을 선택의 기준으로 삼고 있는데 소영이는 옷을 통해 자신을 표현하려 했다. 음악도 그런 식으로 고르는 것 같았다.

소영이는 자우림의 밝은 리듬에 열광했다. 'I saw him' 같은 노래를 미친 듯이 따라 부르곤 했다. 그러나 솔직히 나는 조금 달랐다. 나는 내 슬픔을 유지시키기 위해 음악을 들었다. 알

듯 말 듯한 리듬에 몸을 맡기고 있으면 슬픔은 복받치고 아픔은 씻기는 듯했다. 나는 그 느낌이 좋았다. 하지만 나는 소영이에게는 솔직히 말하지 않았다. 그 애가 생각하고 단정짓는 '우리'를 나는 배반하고 싶지 않았다.

나는 '르샤마지끄'에서 '지옥에서 천국까지 나의 작은 고양이는 악몽의 악마들과 날 위해 싸웠네.'라는 구절이 왠지 마음에 들었다. 시끄러운 도로 같은 데서 아름다운 그 구절을 읊조리며 걸을 때는 외롭기는커녕 내가 특별한 무엇이 되어 있는 것 같은 느낌이 들곤 했다. 내가 그 대목을 좋아한다고 말하자 소영이는 내게 '나의 작은 고양이'라는 앙증맞은 별명을 붙여 주었다. 그리고 이렇게 생일 선물을 하거나 무언가를 줄 때마다 표시를 해 두는 것이다. 나의 작은 고양이라고.

나는 혼자 중얼거려 보았다.

'나는 너의 작고 귀여운 고양이야, 잊지 마.'

그러다가 갑자기 침대에서 몸을 일으키고는 그대로 소영이 휴대폰으로 문자를 날렸다. 일 분 만에 곧장 답신이 왔다.

냐오옹#$#

약간은 아쉽고 미진한 느낌이었지만 그런대로 만족스러웠다. 하지만 그 순간뿐이었다. 자꾸만 창 밖으로 향하는 마음을 돌릴 길은 없었다. 이럴 때는 소영이도 힘을 발휘하지 못한다는 사실이 나를 놀라게 했다. 나는 와락 일어나 슬그머니 베란다로 몸을 뺐다. 아파트의 기다란 몸체가 고질라처럼 우뚝 서 있을 뿐 아무것도 눈에 들어오지 않았다. 놀이터를 온전히 내다보려면 거실을 통해 베란다로 나가야 했으나 그렇게 할 수는 없었다. 그러자면 무언가 그럴듯한 명분이 필요한데 나는 이미 한 번 써먹은 뒤였다.

'아빠가 얼마나 널 사랑하는지 알지?'

아버지가 준석이에게 했을 법한 그 말이 천둥처럼 머리를 때렸다. 나는 도리질을 치면서 에이브릴 라빈의 경쾌한 음악에다 다시금 몸을 맡겼다. 다른 사람이 돌리고 있는 줄넘기 앞에 대기하고 있는 느낌이었다. 그 안으로 들어갈 타이밍을 고르듯 나는 리듬에 더욱 주의를 기울였다. 감정의 높낮이, 깊이 같은 것을 몸 안으로 밀어넣어 내 안에 음악이 가득 차게 하려고 안간힘을 다했다. 드문드문 아는 몇 구절을 따라 부르다가 막막한 구절이 나오면 '개똥같은 세상, 지랄 같은 사람들'이라는 말을 마구 반복해 읊조렸다. 하지만 빠져들려고 하면 할수록 멜로디는 혼란스럽게 뒤섞이고 의식은 차갑게 되살아났다. 아무리 노력을 해도 내 안의 질투라는 괴물을 물리치기는 힘들었다.

결국 나는 이어폰을 귀에서 빼고 엠피스리를 아무렇게나 집어던졌다. 그러고는 침대에 엎드린 채 이불에다 얼굴을 푹 파묻었다.

상처받은 것은 준석이만이 아니었다. 나 역시 상처받고 피를 흘리면서 아파하고 있다. 그런데 무심한 아버지는 내 감정은 아랑곳하지 않고 준석이만을 위로하고 있는 것이다. 어떻게 그럴 수 있을까.

부족하단 말인가. 이름을 속이고 우편물을 감추고 친자식을 친척이라고 둘러댄 것만으로도 부족한가. 도대체 얼마나 더 있어야, 얼마나 더 아파해야 아버지는 나를 똑바로 바라봐 줄까.

나는 당장이라도 밖으로 달려나가 두 사람을 떼어 놓고 싶다. 그리고 보란 듯이 소리치고 싶다. 저리 가! 너는 가짜야! 진짜는 나란 말이야!

하지만 그러기에는 아버지와 내가 너무 멀리 서 있다. 나는 그 먼 곳을 달려갈 엄두가 나지 않는다. 그렇다고 마음을 억누르기에는 내 마음속 악마가 너무 크고 무섭다. 나는 아주 작은 상자 같은 곳에다 나를 가두고 싶다.

## 13.
### 돌연한 외출

　나는 방문을 열고 거실로 나왔다. 아줌마는 보이지 않았다. 안방 침대 위에 누워 있을 가능성이 높았다.

　그 때였다.

　난데없이 음악 소리가 들려왔다. 아주 작은 울림이었지만 내게는 꽹과리 소리처럼 요란스러웠다. 분명히 내 방에서 나는 소리였다. 어찌나 놀랐던지 나는 곤두박질하듯 달려가 얼른 휴대폰을 열었다. 그러고는 전화기를 조용히 귀에다 댔다.

　"이모다."

　"아, 난 또……."

　갑자기 힘이 빠지면서 허탈했다. 나는 퉁명스레 말했다.

　"웬일이야?"

"잘 있니? 별일 없어? 괜찮은 거야?"

내 목소리가 너무 처져 있었던 탓일까. 이모가 대번에 긴장된 음색을 드러냈다. 절제 없는 단어가 경박하게 튀어나왔다.

"뭔 일이야? 누가 널 건드렸어?"

예민하게 반응하다 못해 당장이라도 달려올 것 같은 분위기였다. 내가 용에게 팔 다리 하나쯤은 잃었을 거라고 여기는 것 같았다. 나는 왈칵 짜증이 솟구쳤다.

"별일이라니, 내게 별일이라도 있었으면 좋겠어?"

"미용아, 괜찮니?"

"괜찮아, 아무 일 없어."

"혹시라도 그 인간이 널 박대하니? 너한테 나쁘게 굴어?"

"아니라니까."

"속이지 말고 솔직하게 말해. 이모가 택시 타고 갈 거니까."

"아니라니까 정말 왜 이래? 끊어!"

나는 화가 머리끝까지 치밀어올라 씩씩거리며 거칠게 휴대폰을 닫았다.

정말 바보 아니야?

나는 한참을 그렇게 중얼거리며 감정을 삭였다. 그러자 왠지 속이 좀 시원한 것 같았다.

내가 아버지 집에 오기로 했을 때 제일 펄쩍 뛴 사람이 이모였다. 다급한 나머지 자기가 날 맡겠다며 큰소리치고 나섰지만 어림도 없는 소리였다. 이모는 시부모에다 시할머니까지 모시고 살았다. 아이도 셋이나 되었다. 그러다 보니 나를 돌보는 건 고사하고 외할머니나 외할아버지 제사도 챙기지 못하는 형편이었다. 게다가 그 집에는 내가 있을 만한 방도 없었다.

하지만 이모가 얼마나 내 걱정을 하는지 나는 보지 않아도 안다. 이모는 나를 친자식 이상으로 생각하고 있었다. 지금도 겨우 짬을 내어 어렵게 전화했을 것이다. 그런데 나는 왜 그런 이모에게 화를 낸 거지? 생각이 거기에 이르자 갑자기 멍해졌다. 방금 전의 일인데도 이유가 기억나지 않았다. 나는 부랴부랴 이모에게 전화를 걸었다.

"미안해 이모. 이모한테 화가 난 건 아니야."

"아유 기집애, 너 거기서도 그렇게 성깔부리고 그러는 건 아니지?"

잠깐 사이에 내 마음이 달라졌듯이 이모 마음도 그런가 보았다. 금세라도 아버지를 혼내러 달려올 것 같더니 이제는 아니었다. 목소리에서 제법 여유가 느껴졌다. 나는 공연히 눈시울이 시큰거렸다.

"아니야, 내가 뭐 바본가."

"그래, 약게 굴어야 해. 잘 보이란 말이야. 아버지도 새엄마도 모두 네 편으로 만들어. 그게 똑똑한 거야."

조금 반발심이 생겼지만 나는 그런대로 참고 들었다. 이모는 오직 내가 걱정될 뿐이다.

"이모야말로 이랬다 저랬다, 엄청 이상한 거 알아?"

"아, 몰라. 수시로 변하는 게 사람 마음이잖아."

"치, 변덕쟁이!"

그러고 난 뒤 한참 동안 내 얘기를 들려주었다. 할머니 만난 이야기, 아버지는 아줌마랑 같이 빵집을 하는데 그런대로 장사가 되는 모양이라는 것, 그리고 첫 시험을 망쳐서 몰래 울었다는 소식 등. 하지만 준석이에 관해서는 한마디도 하지 않았다. 이상하게 이모도 묻지 않았다.

"우리 언제 얼굴 보냐?"

"그러게, 방학 때나 볼 수 있으려나?"

"지금 이리로 올래?"

"지금?"

"네 얼굴을 한 십 분만 봐도 살 것 같을 텐데."

사실 안 될 것도 없었다. 그럴 수도 있다는 생각을 하자 머리가 비상하게 돌기 시작했다. 이모네 집 앞에서 이모를 잠깐 보고 소영이네 집에 가서 잔다면? 다음 날 학원 수업이 있지만 오후라서 아무 상관이 없었다. 나는 갑자기 흥분하기 시작했다.

"그러자, 이모."

나는 전화를 끊고는 재빨리 소영이에게 그 사실을 알렸다. 물론 대환영이었다. 다시 이모에게 전화를 해 집에다가는 이모네 집에서 잔다고 하기로 약속했다. 이모도 소영이라면 믿지 않을 이유가 없었다.

부랴부랴 옷을 갈아입으려는데 마침 아버지가 잠깐 나오라며 나를 불렀다. 나는 거실로 나가 엉거주춤 서 있다가 슬그머니 식탁 의자에 엉덩이를 걸쳤다. 준석이의 나아진 표정을 확인하고도 무덤덤했다. 보고 싶은 사람들을 만난다고 생각하니 모든 일이 사소하고 하찮게 여겨졌다. 잠시 전의 소용돌이는 오래 전에 일어난 남의 일 같았다.

음악보다 강한 것은 그리움이야!

소영이한테 이 말을 해 주면 또 얼마나 나를 칭찬할까. 내 마음은 그런 생각을 할 정도로 여유로웠다.

아줌마가 방에서 나와 머리 모양을 가다듬으며 내 옆에 앉자 아버지가 말했다.

"오늘 있었던 일은 너희들 탓이 아니란다. 할머니는 엄마 아빠에게 불만이 있는데 그걸 그런 식으로 표현한 것뿐이야. 알겠니?"

그렇게 상황을 무마시키는 아버지 표정도 많이 덤덤해져 있었다.

'거짓말!'

나는 속으로 그렇게 부르짖었다. 그 말이 순간적으로 묘한 반향을 일으켰으나 이내 먼지처럼 마음 한구석에 내려앉았다. 나는 조급하게 다음 말을 기다렸다. 하지만 아버지는 더 이상의 설명은 하지 않았다. 진실을 밝히지 않는 한 할 말이 없었는지도 모른다.

내게는 준석이가 '무슨 불만인데요?' 하고 물어 주길 바라

는 마음과 그렇지 않은 마음이 반이었다. 어서 진실이 드러나
내 자리를 찾았으면 좋겠다는 생각이었지만 아버지를 통해서
는 불가능하다고 여겼다. 아버지는 준석이를 영원히 배반하지
못할 사람이었다. 그 애 얼굴에 대고 넌 내 아들이 아니야, 라
고 말할 사람이 절대 아니었다.

그래도 그건 사실이 아니었다. 나는 거짓을 참고 살지 못한
다. 누군가 진실을 밝힐 필요가 있다. 하다못해 나라도 나서야
한다면 말이다. 그렇지만 우선은 미루기로 했다. 지금은 뭐가
어떻게 되든 상관이 없었다.

"저기요……."

나는 아버지에게 다가앉으며 입을 열었다. 외출 허가를 받
기 위해서였다.

휴대폰을 집에 두고 나왔다는 사실을 깨달은 것은 지하철을 타고 삼십 분쯤 갔을 때였다. 통화한 뒤 바지에다 넣어 두고는 옷을 갈아입은 것이 화근이었다. 정말 기가 막혔다. 팔다리를 잘린 것처럼 허전하고 갈피를 잡기가 힘들었다.

만화책만 아니었어도 더 일찍 깨달았을지 모른다. 집을 나서는 순간 드디어 때가 도래한 거라며 나는 얼른 책방으로 달려가 『몬스터』를 10권에서 14권까지 빌렸다. 그 때문에 아버지가 이모네 집까지 태워다 주겠다는 것도 굳이 물리쳤다. 만화 다섯 권을 지하철 안에서 읽겠다는 게 내 계획이었다. 그리고 집으로 돌아가기 전에 반납할 생각이었다.

아무리 돌아다녀 봐도 공중전화가 눈에 띄지 않았다. 결국 포기하고는 이모네 집 앞 골목길에서 무조건 서성댔다. 이모가 때맞춰 나와 주기를 바라는 편이 나을 것 같았다.

초여름 밤은 따뜻해서 길에서 시간을 보내기에는 안성맞춤이었다. 나는 가게에서 흘러나오는 불빛에 의지해 만화책을 읽었다. 다행히 얼마 지나지 않아 이모를 만날 수 있었다. 이모는 나를 아이스크림 가게로 데리고 들어갔다.

"얼굴 좋아졌네."

보자마자 눈물부터 찔끔거리더니 곧 수습하고는 의외라는 듯 신기해했다. 나 역시 눈시울이 뜨거웠다. 이모란 내게 마음속에 그 모습을 떠올리기만 해도 가슴이 뭉클해지는 존재였다. 단순히 엄마를 대신하는 그런 차원이 아니라 그 이상일 때도 있었다. 엄마가 살아 있을 때도 그랬던 것 같다. 이 세상에서 온전히 내 편인 사람, 내가 잘못해도 나를 믿고 지지하면서 등을 토닥토닥 두드려 줄 몇 안 되는 사람 중의 하나가 바로 이모인 것이다.

이모가 결혼을 하지 않았거나 아이가 없었다면 어땠을까.

그런 가정은 정말 하고 싶지 않지만 지금과는 상황이 달랐으리라는 것만큼은 분명하다. 그 정도로 이모는 나 때문에 울고 웃는 존재였다.

따지고 보면 아줌마는 바로 준석이의 그런 이모인 셈이다. 결혼은 했지만 준석이를 키우면서 엄마 역할을 하고 있다. 아버지는 몰라도 아줌마와 준석이의 관계만 보면 혈연관계 못지 않은 것이다. 생각이 거기에 이르면 저절로 궁금증이 생겼다. 아줌마는 어째서 자신의 아이는 낳지 않고 조카를 데려다 키우는 걸까.

"누가 뭐라 해도 제 부모가 제일이지."

이모는 그렇게 중얼거리더니 또다시 펑펑 울었다. 그러고는 몇 번이나 엄마 생각이 나지 않느냐고 물었다. 나도 울음이 터져 나오려는 걸 겨우 참고 있었다. 별일이야! 나는 입을 삐죽거리면서 이모를 나무랐다. 지금 내가 엄마한테서 멀리 달아나고 있기라도 하다는 거야, 뭐야?

"집은 어때? 사람들은? 학교 생활은 괜찮아?"

짧은 시간에 많은 것을 알아 내야만 하는 이모는 연신 질문을 퍼부어 댔다. 하지만 내가 무슨 말을 하면 자기 기분에 도취된 듯 잘 들어 주지도 않았다. 그러다 보니 뭔가를 전하려 해도 자꾸만 어긋나면서 알 수 없는 거리감이 느껴졌다. 아버지 말을 꺼내려면 우리만의 대화 습관을 지독하게 건너뛰어야 한다는 것도 커다란 부담이었다. 그 동안은 아버지에 대해 욕밖에 한 게 없는데, 갑자기 복잡하고 미묘한 감정을 털어놓으려니까 어딘지 모르게 어색하고 부끄러웠다. 나는 모든 걸 시간 탓으로 돌렸다.

십오 분쯤 지났을까. 이모의 휴대폰으로 연신 전화가 왔다. 아이들의 아우성은 그런대로 들어 넘겼지만 지난번에 먹다 남은 육포가 어디 있는지 모르겠다는 시어머니 말에는 안절부절

못했다. 이모가 구질구질한 변명을 늘어놓으려 하기에 나는 가로막으면서 그만 가야겠다고 말했다. 이모하고는 그렇게 헤어졌다.

소영이네 집은 이모네 집에서 꽤 멀리 떨어져 있었다. 다행히 소영이네 가족들이 야행성이어서 부담은 적었지만, 휴대폰이 없다 보니 몹시 신경이 쓰였다. 무엇보다 늦은 밤에 벨을 누를 수밖에 없다는 게 문제였다. 급한 대로 이모가 찔러 준 용돈으로 택시를 탔다.

내가 소영이 부모님에게 인사를 하고 방으로 들어간 시각은 열한 시가 넘어서였다. 우리는 서로 얼싸안고 콩콩콩 뛰면서 재회의 기쁨을 나누었다.

"생각만큼 나쁘지는 않은 것 같네?"

내 얼굴을 만져 보더니 소영이도 이모와 비슷한 말을 했다. 나는 잘 모르겠는데 그런 말을 자꾸 들으니 조금 신기했다.

그 동안 밀린 이야기를 하느라 한동안은 시간 가는 줄도 몰랐다.

"우리 학교 애들 분위기 진짜 웃겨. 시험 기간에는 인색하고 야비한 왕싸가지더니, 끝나고 나니까 언제 그랬냐는 듯 헤픈 웃음을 질질 흘리는 거 있지."

"우리 학교도 장난 아니야. 고딩 되더니 애들이 다 이상해졌어."

"너네도 그러니?"

"그럼. 하긴 언니가 그러는데 여름 방학 지나고 나면 그것도 다 말짱 꽝이래."

"제발 그랬으면. 지금은 너무 살벌해. 열라 재수야."

우리는 우리만의 거친 말들을 섞어 가며 정신없이 지껄여 댔다. 그러면서 오징어를 찢어 먹고 식구들 몰래 커피도 타 마셨다.

얼마나 떠들었을까. 난데없이 소영이 휴대폰으로 전화가 왔다. 처음에는 무슨 장난 전화겠지 싶었다. 나도 오밤중에 이상한 전화나 잘못 걸려 온 전화 때문에 골탕을 먹은 적이 있었다. 그래서 그냥 끊어 버려, 하고 말하려고 했다.

그런데 그게 아니었다. 친구한테서 온 전화였다. 게다가 소영이는 전화를 받겠다며 나더러 잠깐만 나가 있으라고 했다.

"어디로?"

나는 황당해서 진짜 나가 있으란 말이야? 하는 말투로 소리쳤다. 얼굴이 절로 찡그려졌다. 소영이는 잠깐이면 된다고 했다.

"지가 나가서 받으면 되지."

나는 큰 소리로 투덜거리면서 거실로 나갔다. 소영이네는 이층집을 모두 쓰는데 위층은 언니와 둘이서만 썼다. 그런 점이 편해서 소영이네 집에서 자겠다는 결정을 쉽게 내렸던 것이다. 게다가 소라 언니는 마침 엠티를 가서 집에 없었다.

통화가 금세 끝나지 않을 것 같아 슬며시 방으로 들어갔다.

만화책을 가지고 나올 요량이었다. 침대에 드러누워 전화를 받던 소영이는 두 볼이 새빨개져 있었다. 더 마음에 걸리는 것은 내가 들어가자 소영이가 휴대폰 송화구를 단단히 틀어막은 채 내 행동을 주시했다는 거였다. 빨리 나가기를 바라는 것 같았다. 나는 조금씩 기분이 상하기 시작했다.

시간을 봤더니 자정을 십여 분 남겨 놓고 있었다.

'이런 시간에 누구랑 통화하는 거지? 게다가 내가 엿들으면 큰일이라도 난다는 식이잖아.'

만화가 눈에 들어올 리 없었다. 나는 책을 덮어 버렸다.

거실을 서성거리다가 방문에 귀를 대고 아직도 끝나지 않았나 몇 번이고 살폈다. 낄낄대는 소리, 야아 너 정말, 하는 식의 음성이 계속 들려왔다. 조금 과장을 하면 목소리 하나하나에 교태라고나 할까, 그런 게 배어 있는 느낌이었다.

'남자애다!'

생각이 거기에 미치자 비로소 상황이 이해가 되었다.

'소영이에게 남친이 생겼구나.'

왠지 기분이 묘했다. 허전하면서도 부럽고 질투심마저 일었다. 끈을 놓친 풍선 하나가 먼 하늘 어딘가로 둥실둥실 날아가고 있었다. 나는 애써 웃으면서 만화책을 펼쳤다. 문자로라도 그 소식을 전하지 않은 게 섭섭하기는 했지만 굳이 따지고 싶지는 않았다. 용서해야만 할 일이었다. 받아들이지 않으면 안 되는 일이었다. 소영이가 좋아하는 애라면 나 역시 그럴 준비를 해 두는 게 좋을 것 같았다.

　잠시 후 소영이가 방에서 나왔다. 발그레한 얼굴을 양 손바닥으로 두들기며 물을 찾았다. 그런 모습이 낯설기는 했지만 나쁘다고는 말할 수 없었다.

　소영이가 아래층으로 내려간 틈에 재빨리 통화 내역을 확인했다. 통화 목록 맨 위에 '두꺼비'라고 찍혀 있었다. 두꺼비가 누구지? 아무리 더듬어도 생각나는 게 없었다. 한참 만에 뭔가 떠오르기는 했지만, 사람 얼굴이 아니라 소름이 흉터처럼 우둘투둘하게 일어난 두꺼비의 살갗이었다.

　나는 얼른 휴대폰을 제자리에 놓고는 시치미를 떼며 만화책에다 눈을 주었다. 소영이는 곧 이층으로 돌아왔다. 나는 눈을 가늘게 뜨고 그 애를 째려봤다.

　"너어."

　웃으며 다가가 소영이 배에다 간지럼을 태우는데 손이 덜덜 떨렸다. 하지만 이런 일은 얼마든지 즐기고 축하할 필요가 있었다. 나는 바보 같은 내 손이 야속하기만 했다.

　"야, 뭐?"

　소영이가 달아나듯이 몸을 피했다. 시치미를 떼려 했지만 터져 나오는 웃음을 참지 못하는 표정이었다.

　"그렇게 좋아?"

　"그래, 좋다."

　결국 소영이의 자백을 받아 냈다.

"누구야? 내가 아는 애야?"

나는 다그치듯 물었다. 소영이네 동네는 엄마와 내가 살던 곳이었다. 나는 그 동네에서 초등학교 때부터 중학교 1학년 때까지 살았다. 그러니 대부분의 아이들을 나는 알고 있었다.

소영이가 말했다.

"두꺼비."

"두꺼비? 두꺼비가 누구였지?"

내 목소리가 이상하게 떨리는 걸 소영이가 눈치채지는 않았겠지.

"초등학교 4학년 땐가 한반이었을걸, 한지섭 있잖아."

"한지섭?"

몇몇 얼굴이 스쳐 지나갔다. 그 중 하나가 께름칙한 뒷맛을 남기며 내게 다가들었다. 나는 과장된 동작으로 총 쏘는 흉내를 냈다.

"혹시 그 건맨?"

"그래, 맞아."

소영이는 드디어 기억났냐며 박수를 쳐 댔다.

하지만 나는 큰 충격을 받았다. 하필이면 그 자식이야! 하고 많은 애들 중에 왜 하필이면 그 총잡이냐고!

"진짜야?"

"그래. 왜, 맘에 안 들어?"

소영이는 두려움과 애원이 뒤섞인 표정으로 내게 매달렸다.

내 허락을 바라는 것은 친구로서 당연했다. 그렇지만 이건 좀 심한 경우라는 생각을 떨치기 힘들었다.

"어떻게 그런 애랑 사귈 수가 있냐?"

내 입에서 불쑥 그런 말이 튀어나오고 말았다. 하지만 그게 문제는 아니었다. 소영이 남자 친구가 그 총잡이라는 게 문제였다.

"야, 걔가 왜?"

"넌 벌써 그 일을 잊었니?"

"그 일? 무슨 일?"

소영이가 눈을 동그랗게 떴다. 나는 기가 막혔다. 솔직하지 못하다는 생각이 들었다. 어떻게 그 애가 총잡이라는 것은 기억하면서 총에 얽힌 사연은 까먹을 수가 있는 거지? 나는 토라진 표정으로 침대에 털썩 주저앉았다.

# 15.
## 오래된 에피소드

초등학교 4학년 때 나는 학교가 끝나면 곧장 집으로 가지 않고 운동장에 남아 온갖 놀이를 하면서 재미난 시간을 보내곤 했다. 물론 나만 그랬던 것은 아니었다. 학원 갈 시간이 임박하지 않은 아이들은 모두 함께 어울려 놀았다.

남자아이들이라고 예외는 아니었다. 다만 노는 방법이 서로 달랐다. 여자아이들이 주로 미끄럼을 타거나 술래잡기를 했다면 남자아이들은 그 당시 유행하던 비비탄 총에 넋을 잃곤 했다. 지섭이도 그 중 한 명이었다.

내가 어떤 여자아이와 함께 운동장 등나무 아래 앉아 이야기를 나누고 있을 때였다. 지섭이가 옆에서 비비탄 총을 쏘아댔다. 물론 총구가 나나 친구를 향해 있지는 않았다.

지섭이가 총을 쏘자 하얀색 총알이 운동장 바닥에 부딪혀 탁탁거리며 튀기도 하고 옆에서 놀던 다른 여자아이들의 발등이나 다리 부근에 맞기도 했다. 그 여자아이들은 지섭이가 쏜 총알에 별 반응을 보이지 않았다.

나는 달랐다. 지섭이가 들고 있는 총에 신경을 곤두세우고 있었다. 나를 직접 겨냥하지는 않았지만 언제 총알이 날아올지 몰라 바짝 긴장하고 있었다. 나는 무서우니까 쏘지 말라며 몇 번이고 소리를 질렀다. 하지만 지섭이는 들은 척도 않고 여기저기 땅에다 대고 계속 총알을 쏘아 댔다.

나는 마침내 화가 났다. 지섭이한테 다가가 한 손으로 총구를 움켜잡았다.

"그만 하란 말이야!"

신나게 놀고 있던 지섭이는 나더러 공연히 나선다며 불쾌해했다. 그러더니 내 손에서 총을 빼앗기 위해 용을 썼다. 결국 몸싸움이 벌어졌고, 총은 더 이상 사용하지 못할 정도로 망가져 버렸다. 지섭이가 울음을 터뜨렸다. 아이들이 모여들면서 우왕좌왕 소란이 일어났다. 그 틈에 지섭이는 재빨리 공중전화로 가서 제 엄마에게 전화를 걸었다.

전화를 끊고 난 지섭이는 나에게 총값을 고스란히 물어내라고 했다. 엄마가 그렇게 하라고 했다는 것이다. 문제는 아이들이었다. 모두 지섭이 편을 들었다. 심지어는 같이 이야기를 나누고 있던 반 친구마저 그랬다. 총을 나에게 겨누지도 않았고 쏘지도 않았는데 건방지게 나서서 망가지게 했으니 책임을 져야 한다는 것이었다. 게다가 놀던 장소가 교실이 아니라 운동장이고 방과 후라는 점을 생각하면 내 잘못은 더 분명해진다는 것이다.

그 때 소영이가 그 광경을 보고 있다가 나섰다. 일이 공교롭게 된 것은 알겠는데 위험한 장난감을 학교에 가져와 함부로 쏘아 대는 것이야말로 큰 잘못이라고 했다. 그러나 소영이 혼자서 아이들을 감당하기엔 역부족이었다.

나는 도망치듯 집으로 돌아왔다. 엄마는 직장에 나가고 집에는 개밖에 없었다. 그런데 지섭이는 총값을 물어내라며 집까지 나를 따라왔다. 그것도 자기 의견에 동조하는 아이들을 모두 끌고서. 나는 너무 무서워 울음을 터뜨렸다. 공포 영화에 나오는 이름도 모르는 우주벌레들에게 속수무책 포위당한 느낌이었다.

저녁에 집으로 돌아온 엄마는 자초지종을 듣고도 놀라지 않았다. 지섭이 엄마가 총값을 물어내라고 했다는 사실을 믿지 않았다.

"엄마들은 절대로 그러지 않아!"

그러면서 말하기를 지섭이가 둘러댄 게 틀림없다고 했다. 하지만 엄마는 지섭이 엄마와 통화를 하더니 얼굴이 하얗게 질린 채 방바닥에 주저앉아 버렸다. 게다가 통장 번호까지 받아 적었다.

문제는 그 때부터였던 것 같다. 엄마는 화는 화대로 내면서도 총값 2만 6천 원을 재빨리 지섭이 엄마 통장으로 부쳤다. 그리고는 마침내 벼르던 순간이 왔다는 듯 휴대폰을 들고는 한 자 한 자 글자를 찍어 나갔다.

돈은 보냈습니다. 다음부터는 아이가 위험한 장난감을 가지고 학교에 오지 않도록 잘 지도해 주셨으면 합니다.

엄마는 두 번에 걸쳐 그 내용을 전송했다. 결국 상대방보다 우월한 입장에서 그런 점잖은 한마디를 하기 위해 부랴부랴 송금을 한 것이다. 충고를 먼저 하거나 조목조목 따지기부터 했더라면 돈을 주지 않으려고 발뺌한다는 오해를 받을 수도 있을 터였다. 정말 아무도 못 말리는, 엄마다운 행동이었다.

잠시 후에 답신이 왔다.

방과 후 운동장에서였다고 합니다! ^.^

그러니 큰 잘못은 아니라는 거였다. 엄마도 나도 입을 다물지 못했다. 하지만 지섭이 엄마가 모르는 게 있었다. 엄마는 벌써 알아볼 만큼 다 알아본 뒤였다. 특히 소영이가 제공한 정보는 믿음이 가는 내용이었다. 엄마가 이를 갈면서 마지막 문자를 날렸다. 얼굴에는 자신만만하면서도 새파란 미소가 떠올라 있었다.

어머, 그 총 13세 이하 어린이에게 판매가 금지된 품목이라는 거, 모르셨나 봐요?

물론 더 이상 답신이 오지는 않았다. 엄마는 승리한 양 아주 만족해했다. 품위를 지키면서도 할 말은 다 했다는 식이었다. 그렇지만 나는 엄마가 문제를 해결하는 방식이 정말 마음에 들지 않았다. 이해가 되지도 않았다. 잘못한 것도 없는데 어째서 내가 총값을 고스란히 물어야 한단 말인가. 내 눈에는 뭘 모르고 있는 사람은 다름 아닌 엄마였다.

아니나다를까, 내가 우려하던 일이 현실이 되어 나타났다. 다음 날 학교에 갔더니 아이들이 마구 놀려 댔다.

남의 총을 망가뜨려 돈을 물어낸 계집애.

마치 죄를 지은 대가로 엄청난 벌금이라도 물었다는 투였다. 벌금을 문 것처럼 더 확실한 범죄의 증거는 없었다. 초등학교 4학년짜리다운 사고방식이었을까. 아무튼 나는 범죄자나 다름없는 취급을 받았다.

그 때 본격적으로 나서서 나를 도와준 게 소영이었다. 소영이는 그 문제를 가지고 중학생인 소라 언니와 많은 이야기를 나눈 모양이었다.

"야, 한지섭! 다른 사람을 불안하게 했으면 미안한 거 아니야? 그런데 사과 한마디 없이 총값을 물어내라고 하냐? 이 비겁하고 치사한 자식아!"

소영이는 그 때 진정한 나의 영웅이었다. 어쩜 그런 생각을 해낼 수 있었을까. 어쩜!

"어른들은 원래 애들이 상처받는 건 신경 안 써."

소라 언니가 내게 해 준 말이었다. 두 엄마가 문자 전쟁을 한 건 아이들을 위해서라기보다는 자기들 자존심이나 이해관계 때문이었다는 얘기였다. 언니는 그 때 헤드폰을 낀 채 이기 팝의 노래를 따라 부르고 있었다. 손에는 가사를 적은 쪽지가 들려 있었다.

그 뒤 소영이와 나는 떼려야 뗄 수 없는 친구가 되었다. 중학교 2학년 때부터 학교가 달라지고 사는 동네가 멀어졌지만 우리는 늘 함께였다. 물론 소영이는 지금도 나의 영웅이다. 그런데 그런 소영이가 지섭이 따위와 사귀고 있다니.

"그건 지나간 일이지. 난 네가 지섭이의 어떤 점이 마음에 들지 않으니까 사귀지 말라고 하면 진지하게 생각해 볼 거야. 하지만 옛날 그 어렸을 때 이야기라면 더는 듣고 싶지 않아. 왜냐하면 지섭이는 어릴 적 그 철없던 남자애가 아니니까."

소영이는 억울하다는 듯이 소리쳤다.

나는 고개를 가로저었다. 이건 논리의 문제가 아니었다. 감정적인 것이었다. 소영이가 뭐라고 해도 내 마음은 불편했다. 용납이 되지 않았다. 아직도 몇 년 전 그 때의 억울함, 절망감이 내 가슴속에 생생히 살아 있는 것이다.

"난 싫어. 네가 다시 한 번 생각해 줬으면 좋겠어."

나는 그렇게 소리치고는 침대에 벌렁 누워 만화책에다 눈을 박았다. 더 이상 이야기하지 않을 테니 네가 알아서 하라는 의미가 포함된 행동이었다.

소영이는 짜증난다며 한참을 투덜거리더니 음악을 크게 틀었다. 웨스트 라이프의 음악이었다. 무척 시끄럽고 정신이 없다는 생각이 들었다. 나는 얼른 오디오를 끈 다음 시디 케이스를 뒤적거린 끝에 크리스티나 아길레라의 'Beautiful'을 틀었다. 발끈한 소영이가 나를 째려보았으나 내 선택을 무시하지는 못했다. 소영이에게는 미움의 코드가 없었다. 나는 그것이 부러우면서도 화가 날 때가 있었다.

그 때였다. 자포자기했을 거라고 믿은 소영이가 나를 향해 차갑게 빈정거렸다.

"넌 욕심쟁이 같아."

"무슨 소리야?"

나는 태연하려고 애를 썼다.

"음악을 들으면서 자꾸만 무언가를 채우려고 하잖아. 그러면 배가 부르니?"

"뭐가 어째?"

"난 음악을 듣는 건 발산하는 거라고 봐."

그 순간 마음 한구석이 날카로운 것에 찔린 듯 아팠다. 아니, 불쾌했다. 심한 모욕과 무시를 당한 것처럼 기분이 나빴다.

나는 더듬거리면서 겨우 말했다.

"그, 그래서 난 음악을 들을 자격이 없다는 거야?"

"어쩌면 그럴는지도."

순간 난 벌떡 몸을 일으켰다. 그러고는 주섬주섬 만화책을 거두어서 가방에 집어 넣고 바지도 내 것으로 갈아입었다. 소영이는 뜨악해하며 그런 나를 바라보았다.

"나, 갈 거야!"

"야!"

소영이가 나를 잡았지만 나는 오랜 원한이라도 있는 것처럼 매몰차게 뿌리쳤다.

"너, 이렇게 가 버리면 나랑 완전히 끝인 줄 알아!"

그런 무시무시한 엄포도 내게는 통하지 않았다. 나는 운동화를 끌면서 골목길을 달려나와 큰길로 나오자마자 택시를 잡았다. 마침 기다리고 있었다는 듯 택시 한 대가 멈추자 얼른 올라탔다. 택시가 출발할 때 골목길을 힐끗 돌아보았더니 소영이가 고꾸라질 듯이 막 달려나오고 있었다. 그 모습을 보자 스르르 마음이 풀어졌다. 하지만 왠지 다시 돌아가고 싶지는 않았다. 마치 깊은 강 하나를 어렵게 건너온 느낌이었다.

# 16.
## 귀
## 가

만화책을 반납함에 넣고 나자 졸음이 확 달아났다. 아무 데
나 주저앉아 잠들고 싶다는 생각으로 비틀거리며 간신히 집
앞에 이르렀다는 사실이 믿기지 않을 정도였다. 휴가를 끝냈
으면 나른하고 기분 좋고 뿌듯해야 할 텐데 그렇지가 못했다.
불안하고 초조했다. 거친 파도 앞에서 그것을 이기기 위해 숨
을 고르고 있을 때처럼 팽팽한 긴장이 밀려왔다.

나는 알고 있었다. 집에서 어떤 일이 생겼을지 충분히 짐작
이 갔다. 내 휴대폰은 밤 열 시를 전후하여 쉬지 않고 울어 댔
을 터였다. 그러다가 문자가 떴을 것이다.

야, 어떻게 된 거야? 폰을 왜 안 받아?

이모네 집에서 잔다는 거짓말 들통난 거야?

아버지가 그것을 들여다보았으리라는 것은 불을 보듯 뻔했다. 하지만 아버지로서는 어떻게 할 도리가 없었을 것이다. 그 때문에 밤중에라도 집에 들어갈까 싶었지만, 또 바로 그 이유 때문에 그렇게 할 수가 없었다.

아버지가 어떻게 나올지 나로서는 짐작하기가 어려웠다. 화를 낼지 비난을 할지, 아니면 모욕을 주고 박대를 할지 경험해 본 적도 없는데 어떻게 종잡을 수가 있겠는가.

그렇지만 세상의 아버지들은 종종 자식 때문에 미치곤 한다는 것을 나는 알고 있다. 특히 자식이 자기를 속이려고 할 때는 표범처럼 사나워진다. 그런 자식은 원수나 다름없는 존재다. 내 아버지처럼 기분이 어떤지를 물어 주는 사람이라고 해서 다르다는 보장은 없다.

분명한 것은 내게 커다란 위기가 닥칠 거라는 거였다. 어른들은 절대로 외박하고 거짓말하는 아이를 용서하지 않는다.

어찌 되었든 일을 이렇게 만든 사람은 바로 나였다. 휴대폰을 잘 챙기지 못한 부주의. 그 사소한 실수가 이런 결과를 초래한 것이다. 하지만 나는 감당할 것이다. 어떤 모욕도 달게 받을 것이다. 그러니 무엇보다 숨을 고를 필요가 있다. 이렇게 겁이 나고 떨린다는 것은 내가 아직은 그리 뻔뻔하지 않다는 뜻일지도 몰랐다.

그것이 내게 용기를 주었다.

아버지도 알고 있을 터이다. 쌀쌀맞은 내 모습 안에 따뜻함이 숨어 있다는 것을.

하지만 그건 내 입장으로 끝날 가능성도 있다. 살다 보면 어떤 일들은 변명하거나 해명할 기회도 없이 내가 알지 못하는 방향으로 미끄러져 가기도 한다. 아버지가 아예 내 말을 들어보지도 않고 끝낼 가능성도 있는 것이다. 그러면 나는 짐을 싸서 어디로 가야 하나.

제발 그런 일만은 일어나지 않길 바란다. 아버지는 내 이야기를 들어야 한다. 나도 할 말은 있다. 나는 밤새 전투를 치르다 귀가했다. 아버지라면 자식의 고충을 알아주어야 한다.

벨을 누르자 문을 연 것은 뜻밖에도 준석이였다. 아무렇지도 않은 얼굴에 무덤덤한 표정이었다. 아버지나 아줌마는 보이지 않았다.

"잘 갔다 왔어?"

높낮이가 분명하지 않은 평범한 음색이었다.

나는 고개를 갸웃거리며 안을 살폈다. 별다른 기척은 느껴지지 않았다.

"응, 그런데 다들 어디 가셨니?"

"가게 나가셨지. 열 시가 넘었잖아."

"아, 그래!"

준석이는 내가 어째서 그렇게 부드러운 목소리로 대답하는지 모르는 것 같았다. 내가 냉장고를 열고 물을 마시면서 공연히 분위기를 살피는데도 텔레비전에만 몰두해 있었다. 그러다가 갑자기 생각난 듯 말했다.

"참, 아빠가 너 들어오면 전화해 달라고 하셨어."

"그래?"

나는 떨리는 마음 반 미심쩍은 마음 반으로 전화번호를 눌렀다. 그 때 순간적으로 휴대폰이 생각났다. 그걸 먼저 확인했어야 하는데. 하지만 이미 늦었다. 내 목소리를 확인한 아버지가 아침 인사를 건네듯 밝은 음성으로 말했다.

"잘 있다 왔어? 밥은 먹었고?"

공룡 발톱에 찔린 것처럼 심장은 거칠게 뛰는데 아버지는 기껏 밥은 먹었냐고 말하고 있었다. 순간 힘이 쭉 빠지면서 뼈가 한 마디 한 마디 아래로 주저앉는 것 같았다. 왠지 허탈한 느낌이었다. 아니, 속은 것 같았다.

나를 속인 사람은 누구인 걸까.

방으로 들어가 옷을 갈아입었다. 안도감도 잠깐, 슬슬 화가 나기 시작했다. 머리끝으로 모인 기운이 두개골을 압박해 오면서 통증이 느껴졌다.

휴대폰을 확인했다. 일곱 통의 부재중 전화와 열한 건의 문자가 남의 손을 타지 않은 채 고스란히 찍혀 있었다.

소영이가 보낸 마지막 문자 내용은 이랬다.

욕한 건 미안해. 하지만 널 용서한 건 아니야!

　그 앞에 적힌 내용을 확인했을 때는 깜짝 놀랄 수밖에 없었다. '쌍년!' '드런 년' 어쩌고 하는 욕이 가득했고, 갈수록 노골적이었다. 내 행동을 다시 돌아보라는 내용도 있었다. 우리의 어린 시절을 재해석하라는 것이다. 그렇게 서로 다른 시간이 얽히고 꼬이면서 한꺼번에 나를 공격하고 있었다. 나는 빠른 동작으로 문자를 삭제해 나갔다.
　뭐가 나를 화나게 한 건지를 생각할 틈은 없었다. 숨이 막힐 것처럼 울화통이 터졌다. 그러나 소영이 때문은 아니었다. 나는 아버지 때문에 화가 난 것이다.
　아버지라는 이가 어떻게 이럴 수 있을까.
　아버지라면, 자식을 사랑하는 아버지라면 이렇게 무관심할 수는 없는 일이다. 틈이 날 때마다 자식의 방으로 몰래 숨어들어 딸의 휴대폰 문자를 뒤지고, 친구가 누군지 조사하고, 가슴 두근거리며 일기장을 훔쳐보고, 그러다가 자신이 낄낄거리는 소리에 놀라 까무러치고……. 아버지라면 그래야 하는 게 아닌가. 그런 게 바로 자식에 대한 사랑 아닌가.
　그런데 어떻게, 어떻게 밤새도록 벨소리가 울려 퍼졌을 내 휴대폰에 그토록 무심할 수가 있는 거지? 그 소리가 아무것도 깨우치지 못했단 말인가. 도대체 아버지는 날 자식이라고 여기긴 하는 거야?

아버지는 알아야 하는 것이다. 내가 간밤에 어떤 일을 겪을 뻔했는지. 내가 어떤 마음으로 거리를 배회할 수밖에 없었는지.

소영이네 집 앞에서 택시를 타긴 했지만 나는 얼마 가지 않아 막막한 기분에 빠져 버렸다. 집으로 돌아갈 수는 없었다. 아버지가 모든 사실을 알고 있을 거라는 것도 부담스러웠지만 하필 열쇠를 가지고 나오지 않은 게 무엇보다 마음에 걸렸다. 그렇다고 자정을 훨씬 넘긴 시간에 벨을 누를 배짱은 없었다. 게다가 뒷거울로 나를 자꾸만 흘금대면서 말을 붙이는 젊은 운전수가 몹시 거슬렸다.

"어디 갔다 오는 거야?"

"고등학생이지? 요즘 애들은 다 남자 친구가 있다던데 넌 몇 명이나 돼?"

생각 같아서는 무슨 상관이냐고, 어따 대고 반말이냐고 한바탕 하고 싶었지만, 나는 혼자였다. 이 무기고 같은 기계 속을 안전하게 빠져 나가는 게 급선무였다. 나는 등을 꼿꼿하게 세운 채 꼼짝도 않고 앉아 있었다. 눈길은 창 밖을 향한 채였다.

마침내 나는 택시에서 내려 버렸다. 무사히 내린 것만도 다행한 일이었다. 어차피 집으로 돌아가지 못할 바에야 공연히 비싼 요금을 물 이유도 없었다.

'에라 모르겠다!'

아무리 머리를 굴려도 상황을 반전시킬 만한 방법이 생각나지 않았다. 하릴없이 24시간 편의점에 들어가 캔 커피 하나를 산 다음 밖으로 나와 아무 데나 쭈그리고 앉았다. 시간이 산더미처럼 많다 보니 커피 하나를 마시는 데도 계산이 필요했다.

삼십 분 정도는 끌어야겠지.

나는 무심코 그런 생각을 했다. 다음에 할 일은 그 뒤에 정하기로 했다.

그 때 어떤 아저씨가 두리번거리며 내게 다가오더니 말을 걸었다.

"배고프지 않아?"

술에 취한 것 같지는 않았다. 심한 대머리였지만 나이가 많아 보이지도 않았다. 영화나 만화에서와 같은 상황이 벌어진 거였다. 아니나다를까, 내가 외면하면서 아무 대꾸도 하지 않자 말의 수위가 높아졌다.

"용돈이 필요하면 얼마든지 말만 해. 나는 돈밖엔 가진 게 없는 사람이니까."

목에 힘을 주어 그렇게 말하더니 지갑을 열어서 내 눈앞에 펼쳐 보였다. 언뜻 봤더니 과연 만 원짜리 지폐가 두둑한 것 같았다. 나도 모르게 헛웃음이 터져 나왔다.

"진짜 웃겨!"

나는 또박또박 천천히 말하고 난 뒤 가능한 한 먼 곳에다가 침을 뱉었다. 대머리가 인상을 찌푸렸는지 어쨌는지는 보지 않아 알 수가 없었다. 그 곳은 택시 안과는 사정이 달랐다. 그런 뚱뚱하고 미련하게 생긴 아저씨 따위는 겁나지 않았다.

"아저씨!"

"어, 그래!"

"아저씨 딸은 지금 집에 잘 있어요?"

"뭐?"

"아저씨 딸은 무사히 집에 잘 있느냐고요."

그러자 점잔을 빼던 대머리 입에서 곧장 욕설이 튀어나왔다. 하지만 이내 태도가 돌변하더니 이번에는 아예 애원조였다. 한 번만 사정을 봐달라는 거였다. 그 상황이 털끝만큼이라도 재미있게 느껴졌다면 나는 아마 밤새도록 대머리를 놀려먹었을지도 모른다. 방법은 많았다. 반 아이들이 말한 '치한 물리치는 법'이 스무 가지도 넘게 생각났다. 이것 사 달라 저것 사 달라면서 실컷 끌고 다니다가 됐다 싶으면 튀면 되는 것이다. 두타나 밀리오레 같은 상가가 그러기에는 안성맞춤이라고 했다. 걸음은 아무래도 내가 빠를 것 같았다.

하지만 나는 전혀 그럴 기분이 아니었다. 그 대머리는 잠시도 상대하고 싶지 않았다.

"에잇, 재수 없어!"

표독스럽게 소리친 다음 나는 무단 횡단으로 큰길을 가로질러 버렸다. 차가 빵빵거리자 대머리는 쩔쩔매면서도 어기적어기적 뒤따라왔다.

길을 건너자마자 건물 사이로 몸을 숨기려고 하는데 요란한 경적 소리와 함께 무겁고 둔중한 물체가 턱 하고 뭔가에 부딪치는 소리가 났다. 돌아봤을 때 맞은편 지하도 앞에 웬 사람이 서 있는 게 어렴풋이 보였다. 하지만 대머리인지 아닌지는 분간하기 어려웠다. 도로 한가운데로 눈을 돌렸을 때는 거짓말처럼 어떤 이가 널브러져 있었다.

나는 도망치듯이 골목길 안으로 몸을 숨겼다. 온몸이 덜덜 떨렸다. 차에 치인 남자가 혹시 대머리는 아닐까 하는 생각이 들자 금방이라도 숨이 넘어갈 것만 같았다.

누군가 조사를 하겠다며 나를 잡으러 올 것만 같아서 어딘지도 모르는 좁은 골목길을 정신없이 걸어갔다. 가면서 수없이 뒤를 확인했다. 얼마나 갔을까. 작은 언덕 하나를 넘어 또다시 다른 방향의 골목을 지나자 조금은 안심이 되었다.

잠시 불 꺼진 남의 가게 앞에 주저앉아 있다가 이번에는 도둑고양이한테 놀랐다. 불시에 자동차 밑에서 튀어나온 녀석은 털이 유난히 검어서 왠지 섬뜩한 느낌이었다.

결국 또다시 택시를 탈 수밖에 없었다.

불안한 시간을 이십여 분 견딘 끝에 신도시에 도착했다. 나는 미리 생각해 둔 찜질방으로 들어가 구석 자리 한 군데를 차지했다. 그러나 잠은 오지 않았다. 채 보지 않은 만화책도 눈에 들어오지 않았다.

"네가 잠든 것 같아 일부러 깨우지 않았어."

알람 소리를 듣고 일어나 거실로 나갔더니 준석이가 말했다. 아마 내가 점심을 먹지 않은 게 마음에 걸린 모양이었다. 준석이는 거실에서 인터넷으로 교육 방송을 듣고 있었다.

좁지도 넓지도 않은 집이지만 준석이와 단둘이 있다는 게 신경에 거슬리기 시작했다. 불편하면서도 뭐라고 말할 수 없는 감정이 흐르는 것 같았다. 얼마 전에 녀석이 했던 말 때문이 아닌가 싶다. 느닷없는 순간에 자꾸만 그 생각이 떠오를 때가 있었다.

녀석이 다시 반삭으로 머리를 깎았을 때였다. 야자를 하고 오다가 길에서 만났는데 제 머리통을 문지르며 한다는 이야기가 황당했다.

"부럽지? 한번 만져 볼래?"

"뭐라고?"

나는 설마 제 머리통을 만져 보라는 이야기는 아니겠지 싶었다. 생각만 해도 징그럽고 이상했다. 그런데 녀석은 아예 머리통을 숙여 내 앞으로 들이대면서 같은 말을 반복했다. 나는 기겁을 하면서 피했다. 그러고는 쏘아붙였다.

"야, 너 혹시 변태 아니니?"

"우리 반 여자애들은 아무렇지도 않게 다 만져 보던데?"

녀석이야말로 의외라는 표정이었다. 이상한 건 오히려 나라는 식으로 고개까지 갸웃거리고 있었다. '슈렉'에 나오는 장화 신은 고양이가 자신의 정체를 감추기 위해 순진한 표정을 지은 것처럼 그렇게.

"난 싫어!"

"왜? 내가 남자라서? 그럼 그냥 여자라고 생각해."

"미쳤냐? 정말 웃기는 애야."

나는 그렇게 소리치고는 얼른 집으로 뛰어들어왔다. 방에 들어가서도 한참 동안 욕설을 퍼부었다. 물론 입 안에서 웅얼거리는 수준이었지만. 며칠 지나고 나서 생각했을 때는 웃음이 나기도 했다. 자연히 욕설도 바뀌었다. 멍청하고 불쌍한 푼수, 아무것도 모르는 순진한 고아…… 뭐 그런 식으로.

나는 어색한 느낌을 줄이려고 요란하게 그릇 소리를 내며 밥을 차려 먹고 세수를 했다. 학원에 갈 시간이 점점 다가오고 있었다.

"그 학원은 다닐 만해?"

내가 학원에 가려고 신발을 신자 배웅이라도 하듯 준석이가 현관으로 나왔다. 목소리에 내 영어 실력 따위를 비꼴 목적 같은 것은 없어 보였다.

"글쎄, 이제 겨우 세 번 갔는데 뭐."

이렇게 대답한 뒤 엘리베이터를 타고 내려오는데 갑자기 놀이터에서 아버지에게 안겨 있던 준석이 모습이 떠올랐다. 세상에 다시없을 부자상이었다. 반면에 딸이 밤새 거리를 떠돌다가 왔는데도 아무것도 눈치채지 못한 무관심한 아버지가 생각났다.

너무 서둘렀는지, 학원 가까이 이르렀는데도 시간이 남았다. 비디오 간판을 보고 안으로 들어갔다. 만화책을 잠깐 보다가 학원으로 들어갈 셈이었다.

그런데 그 때 눈이 번쩍 뜨이는 소리가 들렸다. 중학생쯤 된 아이 하나가 학생증을 가져오지 않은 상태에서 회원 가입을 하려고 하니까 종업원이 집에 확인 전화를 해 봐야 한다는 것이었다. 전화번호를 가짜로 대고 반납하지 않은 책이 숱하다고 했다. 순간 내 머릿속에 계략 하나가 떠올랐다.

두근거리는 가슴을 누르며 다가가 회원 가입을 하겠다고 했더니 마찬가지 조건을 요구해 왔다. 나는 두 가지를 당부했다.

만화 빌리는 걸 부모님에게 들키면 곤란하니까 비디오 가게라는 것은 절대 비밀로 해 주고, 누구누구 학생네 집이죠? 라고 묻지 말고 누구누구 씨 댁이죠? 라고 해 달라고 했다. 종업원은 선뜻 그러마고 했다. 마침 여자였다.

이것저것 기록이 끝나자 종업원이 드디어 수화기를 들었다. 내 눈은 빨간색 전화기의 후크에 고정되어 있었다. 좋지 않은 기미가 느껴지면 재빨리 그것을 눌러 전화를 끊어 버릴 참이었다.

"거기가 이용경 씨 댁 맞나요?"

나는 숨이 멎는 것 같았다. 거기, 전화 받는 넌 누구니? 이름이 뭐니? 종업원이 준석이를 향해 그렇게 묻는 것 같았다. 시원하고 통쾌했다. 카하하하하. 웃음이라도 터뜨리고 싶었다. 행여 들키지는 않을까 해서 공연히 입구 쪽을 두리번거리며 가슴을 졸였다. 모르는 가게에 들어가 물건을 슬쩍한다고 해도 이렇게 떨리고 스릴 있지는 않을 것 같았다. 준석이가 여기는 이용경 씨 댁이 아니라 윤용경 씨 댁인데요, 라고 해도 아무 문제 없었다. 만화책을 빌리지 못한다 해도 나는 상관이 없었다. 뻔뻔하게 얼굴을 치켜들고 아무렇지도 않은 듯 그 곳을 나갈 수 있었다.

잠시 후에 종업원이 말했다.

"아, 아니요. 그냥 확인할 게 있어서……. 감사합니다."

종업원이 무사히 전화를 끊었다. 정말 무사히.

그런데 무사하다는 것은 어떤 의미지?

누가 받았나요? 제 또래 남자아이가 전화를 받던가요? 뭐라고 하던가요? 그런 사람은 모른다고 우기던가요?

하지만 그렇게 물어 볼 필요는 없었다. 종업원이 먼저 입을 열었다.

"네, 회원 가입이 되셨습니다."

"네?"

"이제 회원 가입 절차가 다 끝났다고요. 가격은 정가의 십 퍼센트이고, 대여 기간은……."

종업원은 몇 가지를 사무적으로 설명한 다음 내게 카드를 내밀었다. 나는 뜨악해서 파란색 바탕에 귀여운 캐릭터가 그려진 그 카드를 선뜻 받아들지 못했다. 뒤통수를 얻어맞은 기분이었다. 영문을 알 수 없었다. 준석이는 분명히 이용경 씨 댁이 아니라고 했을 텐데 종업원이 그냥 넘어가는 게 아무래도 미심쩍었다. 어떻게 된 일인지 소상히 알고 싶었다.

"이, 이용경 씨 댁이 맞다고 하던가요?"

"네. 사실 우리도 이렇게까지는 하고 싶지 않은데, 요즘에 워낙 그렇다 보니까요……."

내 질문의 의도를 다르게 해석했는지 종업원이 엉뚱한 말을 늘어놓았다. 이렇게 전화번호를 확인하는 상황까지 갈 수밖에 없는 현실을 이해해 달라면서 죄송하다는 말을 두 번씩이나 했다. 더 물어 보기가 멋쩍어서 나는 할 수 없이 입을 다물었다.

순간적으로 착각한 것일까.

그럴 수는 있을 것 같았다. 나도 그런 적이 있었다. 갑자기 누군가 이름을 물어 오면 순간적으로 헷갈릴 수가 있을 터이다. 마치 내 휴대폰 전화번호를 한참 생각하고서야 겨우 기억했을 때처럼.

이제는 거꾸로 이용경이라는 이름을 컴퓨터에 남긴 게 마음에 걸렸다. 내가 회원이 되리라는 예상을 하지 못한 것이다. 아니, 애초에 회원이 될 생각이 내게는 없었다.

'집에서 서너 정류장이나 떨어진 곳인데 뭐 어때?'

그런 생각을 하면서도 찜찜한 느낌이 다 가시지는 않았다. 만화는 다음에 빌리겠다고 한 뒤 나는 꺼림칙한 기분을 안고 비디오 가게를 나왔다.

학원에서 영어 강의를 듣는데도 내내 그것이 신경 쓰였다. 준석이의 상태도 궁금했지만, 범행 현장에 뚜렷한 증거를 남기고 왔다는 자책감을 지울 수가 없었다. 마침내는 공연한 짓을 한 거라며 나는 후회하기 시작했다.

학교에서 돌아온 뒤 침대에 누워 엠피스리를 듣고 있는데 아줌마가 차곡차곡 갠 빨래를 들고 불쑥 방으로 들어왔다. 나는 깜짝 놀란 나머지 부리나케 일어나 앉으면서 엠피스리의 이어폰을 귀에서 잡아 뺐다.

"어머, 너 음악 듣고 있었구나. 노크를 해도 반응이 없어서 난 자는 줄 알았지."

아줌마는 그러더니 소리내어 웃었다. 당황하여 혼비백산하는 내 모습이 재미있기라도 한 모양이었다. 틀림없이 보기 흉했을 것이다.

"누구 노래야?"

아줌마는 내 옷을 작은 서랍장에 넣더니 바로 나가지 않고 내 책상 의자에 걸터앉았다. 순간 엄청난 부담감이 어둠처럼 몰려왔다.

"그냥 요즘 유행하는 노래요."

"럭키 엑스 노래?"

"아니요."

럭키 엑스는 요즘 한창 뜨고 있는 그룹이었다. 나는 터무니없다는 듯이 얼른 손을 내저었다. 그러고 보니 또 오버한 것 같았다. 그냥 얌전히 아니라고 하면 될 걸, 무슨 모함이라도 당한 사람처럼 정색을 하다니.

"준석이가 요즘 아이들은 럭키 엑스를 좋아한다던데, 미용이는 아니야?"

"전 별로요. 너무 쉬운 음악은 금방 싫증이 나요."

"아, 그래? 그럼 누굴 좋아하는데?"

"좋아한다기보다는 크리스티나 아길레라랑 에이브릴 라빈을 자주 듣고요, 우리나라에서는 자우림 음악이 괜찮은 것 같아요."

아줌마는 의외라는 듯 눈을 동그랗게 떴다. 고개를 끄덕이면서 얼굴에 미소를 짓고 있었다. 나를 다시 보는 것 같기도 했다. 당연한 일이었다. 단순하기로 따지면 어른들도 아이들과 다를 바 없다. 자신이 잘 알지 못하는 이야기가 나오면 아예 듣지 않는다. 그게 누군데? 하고 묻는 어른들을 나는 본 적이 없다. 그런데 이게 웬일일까. 아줌마가 예상 외의 반응을 보여서 나는 깜짝 놀랐다.

"자우림? 아, 그래, 내가 듣기에도 괜찮은 것 같더라. 자기세계가 확실한 것 같고. 맞아, 쉽게 숙달되지 않는 노래가 나도좋더라. 몇 번 듣지도 않았는데 다 알겠다 싶은 노래는 매력 없지. 반면에 백 번을 들어도 뭔가가 아슬아슬하게 다가오기만할 뿐 도무지 손에 잡히지 않아 계속 궁금증을 불러일으키는노래도 있잖아."

나는 잠시 얼빠진 표정으로 아줌마의 얼굴을 쳐다보았다.내가 소영이에게 잘 보이려고 늘 모범 답안을 준비해 두었듯이 아줌마도 그런 걸까. 그렇다고 해도 내가 자우림을 자주 듣는 걸 어떻게 알았지? 나는 갈피를 잡을 수 없었다. 쉰이 다 되어 가는 아줌마가 자우림을 알고 있다는 사실 자체가 내게는그만큼 충격이었다.

놀라움은 거기서 끝나지 않았다.

"다음에 우리 자우림 콘서트 한번 같이 가자."

"정말요?"

"그래, 어려울 것 없지. 나도 사실은 좋아하는 가수가 있었거든."

"누군데요?"

이문세나 조용필 같은 가수일 거라고 짐작하면서 나는 물었다. 이모만 해도 휴대폰 컬러링이 이문세 노래였다. 그런데 아줌마의 대답은 퍽 의외였다.

"김광석이라고 들어 봤니?"

나는 고개를 끄덕였다. 많이 들어 본 적은 없지만 '두 바퀴로 가는 자동차' 같은 노래는 나도 괜찮다고 여기고 있었다.

아줌마가 계속 말했다.

"힘들 때마다 김광석 노래가 굉장한 위로가 되었단다. 그런데 어느 날 그 가수가 죽고 말았어. 정말 서운하더라. 밤에 잠을 설칠 정도였으니까. 그러고 나자 제일 아쉬운 게 그 사람의 콘서트를 한 번도 보러 가지 못했다는 거더라고. 가수든 친구든 좋아하는 사람이라면 살아 있을 때 부지런히 만나야 한다고 나는 생각해. 어때, 언제 같이 갈래?"

"네, 좋아요."

싫을 까닭이 없었다. 콘서트라면 학교 수업을 빼먹고라도 갈 용의가 있었다. 더구나 내가 좋아하는 가수의 콘서트라면 망설일 까닭이 없었다. 아줌마는 두리번거리며 새삼 방을 둘러보더니 커튼 색깔이 너무 어둡지 않느냐고 물어 보는 등 이것저것 신경을 썼다. 나는 너무 밝으면 집중이 안 된다면서 지금 이대로가 좋다고 했다.

어느 순간 아줌마가 묘한 표정으로 내 눈을 응시했다.

"우리가 같이 산 지 두어 달 되어 가지? 어때, 불편한 건 없니?"

뭔가를 캐내려고 하는 것 같지는 않았다. 음악 이야기를 하고 난 다음이어서 그런지 분위기가 그리 무거운 것 같지도 않았다. 하지만 방심은 금물이었다.

"네, 그런 거 없어요."

나는 또릿한 목소리로 대답하고는 살며시 눈을 내리깔았다. 말이 나온 김에, 불편한 게 많다고, 어째서 화장실은 날마다 그렇게 더러우며, 수건 같은 것은 곰팡이가 슬어 있는데도 왜 삶지 않느냐고, 또 무엇보다 어째서 내가 아버지 친척이 되어야 하는 거냐고 따지고 싶은 충동이 일었지만 참기로 했다. 아줌마한테 그런 말을 해 봤자 사이만 안 좋아질 뿐이다.

"서운한 게 많을 거야."

아줌마가 갑자기 그렇게 말하는 통에 나는 더욱 당황하고 말았다. 하마터면 눈물이 비어져 나올 뻔했다.

아줌마는 낮은 음성으로 계속 말을 이었다.

"네가 조금만 더 기다리면서 우리를 이해해 줬으면 좋겠어. 아빠는 준석이가 예민한 성격인 게 마음에 걸리나 봐."

"네."

나는 고개를 끄덕이면서 잠자코 듣고 있었다. 몹시 긴장이 되었다.

아줌마는 몇 년 전에 있었던 이야기를 들려주었다. 동네 아는 형들에게 돈을 빼앗긴 뒤 준석이는 한 달 가량을 밥을 못 먹고 잠을 설쳤다고 한다. 한번은 새벽 두 시쯤 화장실에 가려고 일어났더니 준석이가 거실 소파에 웅크린 채 앉아 있더란다. 놀라서 얼른 형광등 스위치를 올렸는데, 그 때 불빛에 드러난 준석이 표정을 아줌마는 지금도 잊을 수가 없다고 했다. 그 뒤로 정신과 치료까지 생각했는데, 다행히 한 달 정도 아버지가 데리고 자면서 대화를 나누고 공을 들였더니 차츰 좋아졌다고 했다. 아줌마는 그러니 시간이 조금 필요할 것 같다고 했고 나는 고개를 끄덕일 수밖에 없었다.

그 이야기를 하고 나서 아줌마는 묻지도 않은 말을 꺼냈다.

"난 젊어서 십 년 넘게 결핵을 앓았단다. 그 때문에 결혼 후에도 아이를 낳기가 힘들어졌어. 심지어는 네 아빠에게 감염시킨 적도 있단다. 지금도 후유증을 약간 앓고 있고. 그런데도 나는 네 아빠한테 과분한 사랑을 받았어. 늘 미안하고 고맙고 그래. 미용아."

말끝에 아줌마가 은근한 음성으로 나를 불렀다. 나는 화들짝 놀라 얼른 고개를 쳐들었다.

"나는 네 아빠한테 받은 사랑을 너한테 돌려주고 싶다. 너한테 정말 좋은 엄마가 되고 싶어. 네가 나를 편안하게 생각해 줬으면 좋겠어."

"네에."

나는 대답 소리를 길게 뺐다. 그렇게 하겠다는 것인지, 무슨 말씀인지 잘 알겠다는 뜻인지 나 자신도 잘 알 수 없었다. 그런 방어 심리가 나에게는 마지막 남은 자존심일 수도 있었다. 물론 아줌마에 대한 감정은 그리 나쁘지 않았다. 무엇보다 좋아하는 가수가 죽었다고 잠을 설치는 사람이라면 왠지 믿음이

가고 뭔가 통하는 구석이 있을 것 같았다.

"네 아빠는 사람을 아주 깊이 사랑하는 유형이란다. 그만큼 걱정도 많고 두려움도 적지 않아. 그렇지만 일단 관계가 맺어져 사랑하게 되면 그 사람만 쳐다보고 그 사람만 위하지. 준석이한테는 완벽한 아빠가 되려고 얼마나 노력을 했는지 몰라. 네 아빠 어릴 적 꿈이 좋은 아빠가 되는 거였대. 하지만 그만큼 너는 더 서운했을 거야."

마지막 말이 가슴에 콕 박히듯이 전해졌다. 그 동안 쌓인 감정이 조금은 풀어지는 것 같기도 했지만 완전히 후련해졌다고는 할 수 없었다. 나는 잠시 말없이 고개를 숙이고 있었다.

그 때 갑자기 아줌마가 내 가까이 얼굴을 들이밀더니 짓궂은 표정을 지었다. 그러고 한다는 말이 이랬다.

"우리, 같이 라면이나 끓여 먹을래?"

"라면요?"

"그래, 준석이도 좋다고 할걸? 아빠가 약속 있다고 나가셔서 저녁을 나 혼자 김밥으로 대충 때웠거든. 그랬더니 갑자기 얼큰한 국물이 먹고 싶은 거 있지, 어때?"

"뭐, 저는…… 좋아요."

괜찮다고 사양하려다가 나는 얼른 마음을 바꾸었다. 모처럼 아줌마가 작정이라도 한 듯 말을 걸었는데 이런 기회를 놓치면 안 된다는 생각이 들었다. 이모가 잘 보이라며 누누이 강조하지 않았더라도 아줌마와 원만하게 지내는 게 얼마나 중요한 일인지를 나는 잘 알고 있었다. 게다가 툭하면 이래라저래라 하면서 자기 스타일로 사람을 길들이려고 하는 다른 어른들과는 달리 그래도 괜찮은 편에 속하는 사람인 것 같았다.

준석이는 조금 시큰둥한 반응을 보였지만 식탁으로 나오기는 했다. 라면 두 봉지에다 매운 고추 두 개와 양파를 듬뿍 썰어 넣어 끓인 다음 그릇 세 개에 똑같이 나누어 담았다. 별로 먹고 싶은 생각이 없었는데 막상 한 젓가락 입에 대 보니까 불현듯 필이 왔다. 달걀을 넣지 않은 게 내 입에 딱 맞았는지도 모른다.

나는 호호 불어 가며 정신없이 라면을 건져 입 속으로 넣었다. 얼마 만에 먹어 보는 야참인지 알 수 없었다.

"맛있지?"

"네."

나는 매운 입을 주체하지 못해 호들갑을 떨었다. 준석이를 힐끔 봤더니 여전히 시들했다. 고개를 들지도 않고 라면을 한 가닥 한 가닥 건성으로 건져 먹었다. 그러다가도 내가 먹는 데 집중해 있다 보면 어느새 고개를 들고는 물끄러미 나를 바라보는 기미가 느껴졌다. 물론 내가 마주 보면 얼른 시선을 피한 채 라면 그릇으로 눈을 내리깔았다.

신경이 쓰이기는 했지만 나는 내 기분에 빠져 세심하게 준석이를 살피지는 못했다. 그건 아줌마도 마찬가지였다. 준석이가 남긴 라면까지 다 먹어치운 아줌마는 얼굴이 새빨개져 있었다.

"역시 한국 사람은 매운 걸 먹어야 뭘 먹은 것 같다니까. 안 그러니?"

나는 흔쾌히 고개를 끄덕이며 설거지를 거들었다. 그러고는 양치질을 한 다음 기분 좋게 내 방으로 들어가 잠을 잤다.

## 19.

## 낯 뜨거운 상황

　다음 날 학교 가던 길이었다. 준석이가 자꾸만 나를 따라왔다. 신화고등학교는 내가 다니는 학교와는 방향이 조금 다른데도 그랬다.

　왠지 기분이 상해 있는 것 같았다. 그러고 보니 아침 먹을 때도 유난히 말이 없었던 것 같았다. 하지만 나는 신경 쓰지 않았다. 녀석이 기분이 좋건 나쁘건 나하고는 전혀 상관없는 일이었다.

　신호가 바뀌어 횡단보도를 건너려는데 준석이가 갑자기 내 뒷덜미를 거머쥐듯 입을 열었다. 손가락 끝은 길 건너편을 향해 있는 상태였다.

　"너 저 가게에 가서 아버지 이름 댔냐?"

"뭐?"

나는 길을 건너지는 않고 준석이가 가리키는 곳을 쳐다보았다. 순간 나는 멈칫했다. 간이 콩알만하게 오그라들고 있는 느낌이었다. 놀랍게도 그 곳은 내가 다니는 영어 학원 앞이었다. 학원 일층에는 문제의 비디오 가게가 있었다. 나는 감전이라도 된 듯 머리가 띵하니 어지러웠다.

"아버지 이름으로 회원 가입했잖아!"

준석이가 나를 노려보며 말했다. 두 눈은 어느새 빨갛게 충혈되어 있었다. 그리고 보니 눈썹에 숱이 많고 얼굴에는 주근깨가 자잘했다. 어째서 하필이면 그 순간 그런 것이 눈에 띈 걸까. 나는 정신이 나가 버린 듯 당황하기 시작했다. 멍하니 준석이 얼굴에 붙어 있는 주근깨를 주시했다. 분명한 것 하나는, 잊어서는 안 되는 게 있다는 것이었다.

절대로! 절대로 우겨야 한다는 것! 엄마의 이름을 걸고, 나의 명예를 걸고! 내 행동을 인정하는 순간 나는 끝장인 것이다. 그 때는 정말 집에서 나가든가 자살이라도 해야 한다.

"무, 무슨 소리야?"

"그런 식으로 발뺌하지 마. 이미 내가 다 확인했거든."

그 때 남학생들 몇이 준석이를 아는 체하려다가 분위기가 이상하다는 것을 눈치채고는 뒤를 흘금거리며 무단 횡단으로 길을 건너갔다. 나는 뜨거운 불판 위에 엉덩이라도 올려놓은 심정이었다. 나는 안간힘을 다해 소리쳤다.

"확인하다니, 뭘? 도대체 나한테 뭘 덮어씌우려는 건데, 지금?"

그러자 준석이는 고개를 외로 틀며 입을 앙다물었다. 눈물을 삼키는 것 같기도 했고 화를 참는 것처럼 보이기도 했다. 이런 위기, 이런 낯 뜨거운 상황은 태어나 처음이었다. 외가에서도 겪지 못했고 엄마가 죽었을 때도 이렇게 깜깜하지는 않았다. 죽음이 슬프다는 것도 뒤늦게야 깨우친 나였다. 엄마의 없음이 나를 최초로 강타한 순간은 배가 고플 때였다. 하지만 그때도 이렇게 난감하지는 않았다. 이렇게 치명적이지는 않았다.

준석이가 울먹이듯 소리쳤다.

"너 왜 그러는 거니? 왜 날 못 잡아먹어서 난리야?"

"너 혹시 정신이 어떻게 된 거 아니야? 내가 뭘 잘못했다고 그래? 내가 너한테 뭘 어쨌다고 학교 가는 날 붙잡고 이러느냐고?"

나는 억울하다는 듯이 가슴을 쾅쾅 두드리면서 요란을 떨었다. 그 와중에도 간간이 '겁난다!' '이제 어쩌나?' 하는 두려움이 가슴 한복판을 섬뜩하게 뚫고 지나갔다.

준석이의 눈은 더욱 붉어졌다. 어떻게 보면 물기가 어려 있는 것 같기도 했다. 똑바로, 외면하지 말고 쏘아보아야 한다고, 그래서 끝내는 이겨 내야 한다고 결심했지만 생각뿐이었다. 나는 나도 모르게 고개를 틀면서 준석이의 눈길을 피하고 있었다.

"내내 화가 났는데 네가 이렇게 나오니까 조금 슬프다. 이미용! 나한테 하고 싶은 말이 있으면 당당하게 말해. 비겁하게 숨어서 뭐 하는 거야?"

"아유 기가 막혀! 너 혹시 무슨 의심증 같은 거 있냐? 도대체 뭔데? 뭘 가지고 날 의심하고 그러는 거야, 지금?"

"그걸 꼭 내 입으로 말해야 하나 보구나. 말이 통할 거라고 생각했는데, 기대한 내가 어리석었던 건가?"

"쇼를 해라, 쇼를! 더 할 말 없으면 난 그만 가 볼게. 학교 늦을 것 같거든."

마침 횡단보도 신호가 바뀌자 나는 뛰듯이 길을 건넜다. 심장이 벌렁거리고 당장이라도 안에서 뭔가가 폭발할 것 같았지만 우선은 후퇴하고 볼 일이었다. 어떻게든 상황을 모면하고 난 뒤 그 다음을 도모해야 할 것 같았다.

그런데 준석이는 아예 작정한 듯 나를 뒤따라왔다. 따라오면서 고함을 지르듯 소리치고 있었다.

"넌 나 역시 저 비디오 가게 손님일 거라고는 생각을 못 했을 테지? 그저께 학교에서 CA 시간에 볼 비디오를 빌리려고 들어가 전화번호를 댔더니 우리 집 번호가 두 개나 뜨더라. 종업원이 묻던데? 이름이 뭐예요? 이용경 씨예요, 아니면 윤준석 씨예요? 그 순간 모든 게 다 꿰맞춰지더라. 지지난 주 일요일 네가 나가고 십오 분쯤 지나서 걸려 왔던 전화……. 하지만 먼저 아버지한테 확인해 봤어. 난 경솔한 건 딱 질색이니까. 혹시 이 비디오 가게에서 회원에 가입한 적 있냐고. 아버지는 모르는 일이라고 하시더라. 당연하지. 아버지는 비디오나 만화책을 절대로 보지 않는 분이거든."

모든 장면이 머릿속에 그려졌다. 나는 창피하고 부끄러워 결국은 건너편에 가서 걸음을 멈추었다. 아이들이 볼까 봐 겁이 났다. 아이들이 준석이 이야기를 듣고 우리 집 사정을 눈치챌까 봐 조마조마했다. 내가 품었던 악의가 나는 무서웠다. 아니, 그보다 더 큰 문제는 준석이가 모든 걸 알아 버렸다는 것이다. 내 치명적인 약점 하나를 손에 쥐고 말았다는 것이다. 내가 걸음을 멈추면 준석이의 말도 멈추리라는 기대는 무너졌다. 준석이는 눈을 날카롭게 빛내면서 계속해서 떠들어 댔다. 마치 자폭이라도 하려는 아이 같았다.

"자, 이제 설명해 봐. 네 이름이 아니라 아버지 이름을 대고 집에 확인까지 하게 한 저의가 뭐지? 나한테 원하는 게 뭐야? 내가 뭘 어쨌으면 좋겠어?"

나는 한마디로 돌아 버릴 것 같은 심정이었다. 외롭고 처량했다. 주변을 둘러봤더니 길에 가득하던 아이들은 보이지 않았다. 지각인 것이다. 할 수만 있다면 모든 것을 잊고 우주 밖으로 홀연히 사라지고 싶었다. 아버지고 뭐고 다 필요 없었다. 이렇게 창피하고서는, 이렇게 모욕을 당하고서는 살 수가 없는 일이었다. 고개를 들고 다닐 수가 없는 일이었다.

"아, 알았어. 우선은 둘 다 학교에 가자. 그리고 수업 끝나면 만나서 이야기하자. 야자 하기 전에 잠깐 일이 있다고 핑계 대고 나오면 되잖아. 됐지?"

"알았어. 그럼 몇 시에 어디서 만날래?"

"어, 어디서? 지금 꼭 정해야 하는 거니?"

나는 마구 말을 더듬었다. 마음을 들킨 것 같았기 때문이다. 나는 준석이를 만나러 나올 생각이 없었다. 그러느니 차라리 모든 것을 포기하고 집에서 나가 버리는 편이 나을 것 같았다.

준석이가 내 목에 감아 놓은 줄을 더욱 잡아당겼다.

"그럼 집에서 만나 싸우자는 거야?"

"그런 말이 아니라⋯⋯."

"아니라면 저쪽 개천가 두 번째 다리 밑에서 보자. 이따가 다섯 시에."

"아, 알았어."

내 대답이 끝나자마자 준석이는 팩 하고 몸을 돌리더니 자기 학교 쪽으로 가 버렸다. 나는 어떻게 학교까지 갔는지 기억도 나지 않았다. 정말 죽고 싶은 심정이었다.

## 20.
## 유리창에 새겨진
## 구름 그림자

오전 수업 시간 내내 정말 힘들었다. 나는 안전한 보호 구역인 학교 안에서 한 발짝도 나가지 않겠다고 작정했다. 진동으로 해 놓았던 휴대폰은 아예 꺼 버렸다. 기분은 뭐라고 표현하기 곤란한 상태였다. 그야말로 끔찍한 지옥, 그 자체가 펼쳐지고 있었다.

쉬는 시간이 되어 화장실에 가서 창 밖을 보고 있으면 나도 모르게 준석이의 모습이 더듬어졌다. 성급한 녀석은 벌써 운동장 아래 어딘가로 와서 나를 기다리고 있을 것 같았다. 아니, 이미 계단으로 뛰어올라오는 중일 것 같았다. 그러다가 차가운 비바람이 얼굴을 때리듯 그 생각이 번쩍 떠올랐다.

'이용경! 그 이름은 어떻게 된 거지?'

준석이는 아침에 분명히 말했었다. 비디오를 빌리려고 했더니 종업원이 이용경 씨예요? 윤준석 씨예요? 하고 물었다고. 그런데 이용경이라는 이름을 듣고도 왜 아무런 의심을 하지 않는 걸까. 게다가 일요일이던 그 날 있었던 일이 내가 한 짓이라는 걸 벌써 눈치채고 말았다면……. 궁금했다. 준석이가 무슨 생각을 하고 있는지 정말 알고 싶어졌다.

그러자 놀랍게도 곧 죽을 것 같던 마음은 조금씩 사그라졌다. 하늘이 무너질 것 같던 느낌도 가라앉기 시작했다. 점심시간이 지나자 신기할 정도로 냉정이 되찾아졌다.

물론 호되게 망신을 당한 것은 분명했다. 의심의 여지가 없었다. 나는 적에게 치부를 내보이고 만 것이다. 하지만 그보다는 준석이가 곧 알게 될 진실, 그것이 더 크고 화려하며 가공할 위력을 지닌 폭탄 같았다. 거기에 비하면 내가 한 행동 정도는 사소한 부주의 끝에 나타난 조그만 실수, 어느 날 불쑥 얼굴에 돋아난 뾰루지 정도라고나 할까.

'그래, 기왕 이렇게 된 거 부딪쳐 보는 거야. 내가 뭐 죽을죄를 지은 것도 아니잖아?'

나는 절체절명의 위기를 기회로 활용하기로 마음먹었다. 은근슬쩍 진실을 말해 줄 요량이었다. 그렇게 되면 흔들리는 것은 내가 아니라 녀석일 터였다.

그러자 준석이와 만날 시간이 은근히 기다려지는 것이었다. 가슴이 두근거리기까지 했다.

다섯 시가 채 되지 않아 미선이를 겨우 따돌리고는 땀을 뻘뻘 흘리면서 개천가 다리 밑으로 걸어갔다. 가만히 앉아 강물을 내려다보면서 준석이를 기다렸다.

그런데 다섯 시 삼십 분이 되고 여섯 시 십 분이 되어도 준석이는 나타나지 않았다. 문제는 준석이 전화번호를 모른다는 거였다. 번호를 알아도 그 애라면 전화를 학교에 가지고 다니지 않을 가능성이 높았다. 마냥 앉아서 기다릴 수밖에 없었다. 다리 아래는 시원해서 그나마 다행이었다. 가끔 바람까지 불었다.

'학교에서 빠져 나오지 못한 걸까?'

그 바보라면 그럴 수도 있겠다는 생각이 들었다. 언젠가 동아리에 들려고 했더니 담임이 강하게 반대했다는 이야기를 들었던 것 같다. 심화반이어서 안 된다고, 그렇게 되면 밤 수업을 빠지게 될 테니 곤란하다나 어떻다나. 잘났어, 정말! 공부만 잘하면 뭐 해, 사람이 요령이 있어야지. 나는 투덜거리기 시작했다. 안달이 나서 참을 수가 없었다.

준석이는 끝내 나타나지 않았다.

녀석과 마주친 것은 집에서였다. 준석이는 열한 시가 다 되어 집에 들어왔다. 아버지와 아줌마도 돌아와서 씻고 잠자리에 들 준비를 마친 상태였다.

자정이 넘어 준석이 방의 문을 조용히 두드렸다. 예상대로 녀석은 자고 있지 않았다.

"어떻게 된 거야?"

"뭐가?"

준석이는 도대체 뭘 가지고 그러느냐며 의아스러운 표정을 지었다. 독이 올라 있던 아침의 모습과도 딴판이었다. 크고 동그란 눈동자는 얼마나 잔잔하고 순하던지, 또다시 '슈렉'에 나오는 장화 신은 고양이가 생각나는 순간이었다.

나는 황당하고 어이가 없었다. 저와 나 사이에 아침에 그런 일이 있었는데, 척하면 알아들어야지. 나는 할 수 없이 다섯 시에 만나기로 한 약속을 또박또박 환기시켰다. 아주 친절하게. 냉정을 유지해 가며.

"응, 그거? 담탱이한테 붙들려서 못 나왔어."

"뭐라고? 핑계를 그럴듯하게 댔어야지!"

"집에 일이 있다고 했더니 전화해서 확인해 봐도 되느냐고 하던데? 그래서……."

준석이는 아무렇지도 않다는 듯이 그렇게 말하더니

"더 할 말 있어?"

하고 말했다. 나를 밀어내고 있는 기미가 분명히 느껴졌다.

나는 기가 막혔다. 커다란 벽과 말하는 것처럼 답답증이 몰려왔다. 그렇다면 아침에 하던 이야기를 마저 하든가 다시 약속을 정하든가 해야지, 더 할 말 있냐고 묻다니, 너 정말 바보 아니니? 거친 말을 내뱉고 싶은 욕망이 과자의 단맛처럼 입 안에 퍼져 나갔다. 하지만 입 밖으로 내뱉지는 않았다. 그런 말들은 겉으로는 삐죽한 가시가 돋아나 있는 것처럼 보이지만 실상은 그렇지 않았다. 다정한 사이가 아니면 뱉어 내기 힘든 말이었다. 나는 녀석과 인간적으로 엮이고 싶은 생각이 전혀 없었다.

"그럼 밖에 놀이터에라도 나갈래?"

나는 벌써 불이 꺼진 안방 쪽의 눈치를 보면서 조용히 말했다. 그랬더니 준석이 입에서 생각지도 못한 대답이 튀어나왔다.

"아니, 나 지금 피곤해. 내일 영어 예습도 더 해야 할 것 같고."

"야, 그러면 어떡해. 하던 이야기는 마저 해야 할 거 아냐?"

나는 낮으면서도 힘 있는 목소리로 말했다. 이미용! 좀 오버하는 거 아니야? 내 안에서 그런 목소리 하나가 터져 나왔다. 생각해 보면 조금 우스운 일이었다. 쫓기는 것은 나일 텐데 정반대로 상황이 돌아가고 있었다. 위기 상황에서 정신없이 쫓기다가 에라 모르겠다, 너 죽고 나 죽자는 기분으로 몸을 팩 돌렸더니 상대방이 주눅이 들어 겁을 집어먹고 있는 느낌이랄까. 준석이의 그런 변화가 조금은 의심이 갔다. 무슨 함정일지도 모르는 일이다.

그런 생각을 하고 있는데 준석이는 묘하게 넋 나간 표정으로 내 눈을 들여다보았다. 망연하면서도 외로운 눈빛이었다. 그 생경한 눈길에 기분이 나빠져서 나는 나도 모르는 사이에 더 몰아붙이고 말았다.

"나한테 무슨 저의가 있다며? 그게 듣고 싶다며?"

그쯤에서 물러서야 한다는 생각도 있었다. 깊이 따지고 들면 결코 내게 유리한 싸움만은 아니었다. 그런데 어떤 이유에서인지 나는 통제 불능한 상태가 되어 있었다.

준석이가 고개를 가로저었다.

"나중에, 나중에 이야기하자."

"안 돼, 남의 속을 뒤집어 놓을 때는 언제고. 지금 당장 저 앞 놀이터로 나와."

나는 던지듯이 차가운 한마디를 남겨 놓고는 돌아서서 내 방으로 와 버렸다. 놀이터에 나가기 위해 옷을 바꿔 입으면서, 이건 아닐지도 모르는데 하는 후회의 감정이 형광등 불빛처럼 쏟아져 내렸다. 쓸데없는 자존심을 내세우며 너무 위험한 질주를 감행하고 있다는 생각이 분명히 들었다. 하지만 이미 늦었다. 나는 놀이터로 나갈 수밖에 없는 입장이었다.

21.

나의 세 번째 영장류

내가 조용히 현관문을 여는데 준석이가 따라나오는 기척이 느껴졌다. 나는 신을 끌면서 녀석이 먼저 나갈 수 있게끔 길을 열어 주었다. 엘리베이터 버튼을 누른 것은 준석이였다.

늦은 시간인데도 집 옆 놀이터에는 사람이 있었다. 게다가 한두 번 마주친 적이 있는 사람들이었다.

할 수 없이 조금 더 걸어갔다. 공원 안으로 들어갈 요량이었다. 어두컴컴하고 사람의 발길이 뜸한 그 곳은 중고생들이 주로 이용했다.

공원 입구에서 준석이는 잠깐 기다리라고 하더니 슈퍼마켓으로 들어갔다. 잠시 후에 아이스크림 두 개를 사 가지고 와서 준석이가 말했다.

"이거 괜찮아? 지난번에 보니까 먹던데."

공연히 머쓱해진 나는 어쩔까 잠깐 망설이기는 했지만 곧 아이스크림을 받아 들었다. 긴 의자에 나란히 앉을 때는 마음이 또 바뀌었다.

언제 돈까지 챙겨 나온 거지? 하여간 쫌생이들은 이럴 때 티가 난다니까.

나는 고마워하기는커녕 그렇게 녀석을 비웃었다. 하지만 아이스크림은 달고 시원했다.

말없이 시간은 흘러갔다. 나는 고즈넉이 가라앉는 밤기운에 아득하게 젖어 갔다. 가까운 곳에서 처량하게 들려오는 매미 소리에 정신이 몽롱해지면서 날카롭던 감각은 차츰 무디고 둔해졌다. 매미는 한바탕 노래를 마치면 다른 곳으로 날아가 또다시 시끄럽게 울어 댔다. 내 마음은 나도 모르게 한 소절 한 소절 이어지는 매미 울음소리에 집중하고 있었다. 매미가 매에, 하고 마지막 곡을 하면 부르르 몸의 어디선가 전율이 흐르다 사라지는 것 같았다. 방금 전 딱딱거리며 고집을 부릴 때와는 달리 내 머리는 그렇게 텅 비어 갔다.

준석이가 마침내 입을 연 것은 내게 싸울 의욕 같은 것은 이미 다 사라지고 난 뒤였다.

"미용아."

목소리가 아주 부드러웠다. 거부감 없이 내 안으로 스며들 것 같은 목소리였다.

"그래, 말해."

나는 뭔가를 애써 틀어막듯이 감흥 없는 음성으로 대꾸했다.

"넌 아버지를 어떻게 생각하니?"

나는 축 늘어져 있던 상체를 곧추세우기는 했지만 그리 놀라지는 않았다. 정신은 여전히 몽롱했다. 만약에 녀석이 넌 나를 어떻게 생각해? 하고 물었더라도 그리 놀라지는 않았을 것이다.

"무슨 뜻이야?"

"그냥 말 그대로야. 아버지를 어떻게 생각하느냐고."

딱히 대꾸할 말이 생각나지 않았다. 하지만 곧 그 이유를 알 수 있었다. 준석이의 질문에 대답할 요건이 우리 사이에는 갖추어져 있지 않았다. 무엇보다 아버지라는 말을 사용해야 하는데, 그 단어는 내게 상처만 환기시킬 뿐이다. 나는 자식이 아니라 친척에 불과한 것이다. 생각이 거기에 이르자 나는 난감해졌다. 벙어리가 된 기분이었다.

그런데 그 때였다. 준석이가 피식, 웃음소리를 내면서 말했다.

"너 또 머리 굴리고 있지?"

"뭐?"

나는 여전히 멍했다. 잠깐 뜨악한 기분이었다.

"잔머리 말이야. 그런 거 자꾸 굴리면 대머리 된다. 아빠 이마를 봐. 조금 위험한 수준이지? 너도 조심해."

순간 어쩔 수 없이 정신이 깨어나기는 했지만 왠지 바보가
된 기분이었다. 도대체 무슨 소리를 하는 걸까. 잔머리는 뭐고
대머리는 또 뭐야? 전학을 온 뒤 전혀 생소한 과목의 수업을
들을 때도 비슷한 느낌이었던 것 같다.

"넌 아빠를 닮아도 너무 많이 닮은 것 같아."

준석이는 그렇다면 조금 더 힌트를 주지, 그러면서 거들먹
거리는 것 같았다. 내 입에서는 당연하지! 하마터면 그런 말이
튀어나올 뻔했다. 그건 가족 모임에서 친척들이 내게 했던 말
이었다. 단지 친척에 불과한 내게 그런 말을 했으므로 녀석은
좀 의아했을 것이다. 게다가 그 뒤에 나는 녀석을 조금 골려 주
기까지 했다.

그러나 지금 초점은 그게 아닌 게 확실했다. 준석이가 하려
는 말은 뭔가 새로운 것, 기가 막힌 것, 깜짝 놀랄 만한 어떤 것
이었다. 그런 뉘앙스가 전해졌다. 그러니 머리가 민첩하게 잘
돌아가더라도 모자랄 판인데, 내 두뇌는 완전히 복구되지 않
은 상태였다. 아무것도 생각나지 않았다. 모든 기억과 데이터
가 머릿속에서 완전히 삭제되어 버린 듯했다. 아이스크림 하
나에 이렇게 나가떨어지다니. 내 안에서 신음 소리라도 터져
나올 것 같았다.

그 때였다. 준석이가 은근한 목소리로 나를 불렀다.

"미용아."

"아, 왜?"

나는 이성을 잃은 채 와락 짜증을 내고 말았다. 전교 일등은 아니지만 머리는 결코 너한테 뒤지지 않아. 난 바보가 아니야. 너야말로 할 말이 있으면 빙빙 돌리지 말고 정직하게 털어놔. 나는 그렇게 말하고 싶었다. 그런데 녀석의 다음 말은 더 엉뚱했다. 그야말로 나를 기절시키고도 남을 만한 말이었다.

"난 네가 좋아. 아빠를 판박이로 닮아서 그런지 믿음이 가고 친근하게 느껴져."

그러더니 잠시 뒤에는 이런 말도 덧붙였다.

"처음 본 날부터 좋았어. 오래 전에 잃어버린 동생을 되찾은 것 같기도 하고 누나가 생긴 듯 뿌듯하기도 했어. 내가 동생이니 누나니 한 이유는, 그래, 좀 시시한 거야. 한가족이 되면 당연히 누나가 되었든 동생이 되었든 계통이 서야 한다고 믿었어. 좀 촌스러운지는 모르지만 나도 모르게 자꾸만 그런 생각에 빠져들었던 것 같아. 그러면서 네가 점점 더 좋아졌어. 물론 특별한 계기가 없었던 건 아니야."

나는 얼굴을 팍 찡그리며 녀석을 노려보았다. 팔뚝에 닭살이 돋는 것 같아 몸을 움츠려야 할 정도였다. 이건 음모였다. 나를 혼란시키고 저 혼자서 모든 것을 독차지하려는 음모. 아니면 녀석 나름대로의 생존 전략인 걸까. 어떻게든 나와 잘 지내는 게 저한테도 유리할 거라는 판단을 내렸을 수도 있다. 그러지 않고서는 저렇듯 태평한 얼굴로 그런 말을 아무렇지도 않게 하고 있을 수는 없는 일이었다.

준석이는 내 반응에는 아랑곳하지 않은 채 앞만 바라보고 있었다. 그리고 계속해서 넋두리하듯이 말을 이어 나갔다.

"그래, 네가 내게 특별한 존재가 되었던 건 아마 그 날부터였던 것 같아. 지난번 시험 치고 난 일요일인가. 온 식구가 함께 집안 청소를 했었잖아. 난 거실 유리창을 닦고 넌 베란다 청소 하시는 엄마를 돕고. 그렇게 더운 날씨에도 넌 대야를 반대편으로 기울여 물을 받더라? 아마 발이 물에 젖는 게 싫었겠지. 그 때 어떤 기억이 떠올랐어. 어려서 우린 다가구 주택에 살았거든. 반지하였는데 좀 추운 집이었어. 세수를 하려고 해도 현관 밖으로 나가서 해야 했어. 어떤 날은 엄마가 더운 물을 줬지만 그러지 않은 날도 많았어. 차가운 물로 세수하는 게 정말 싫었지. 물을 받을 때 대야에서 물이 튀어 잠에서 덜 깨어난 다리를 적시는 것도 싫었어. 난 대야를 반대쪽으로 기울여 물을 받곤 했지. 그러면 물이 튀지는 않았거든. 그 날 베란다에서 물을 받던 널 보면서 문득 그 기억이 떠오르더라. 너도 나와 같은 종류의 인간이라는 것을 발견한 순간이었어. 그래, 조상이 같은, 분명히 같은 종족이라는 생각이 들었어. 괜히 믿음이 가고……. 난 다 알아."

준석이가 마지막에 난 다 알아, 라고 하지 않았더라면 아마 나는 더 이상 듣지 않고 벌떡 자리에서 일어났을 것이다. 지금 무슨 말을 하는 거냐고, 도대체 그런 말을 하는 저의가 뭐냐며 고래고래 악을 썼을지도 모른다. 그런데 그 말이 날아와 더럭

목에 걸린 것이었다. 아니, 화살처럼 정확히 내 심장에 꽂혔다. 단 네 개의 음절로 이루어진 그 단어의 힘은 언뜻 듣기에도 예사롭지 않았다.

"우리 집에 온 뒤 네가 몹시 화가 났을 거라는 거 다 이해해. 나라도 그랬을 거야. 친아버지를 친척이라고 해야 하는 일이 생기다니……."

"뭐라고?"

순간 이상하게도 주눅이 든 것은 바로 나였다. 보란 듯이 전진하여 고지에다 깃발을 꽂기는커녕 흘끔거리며 후퇴하는 비겁한 모습을 보여 주고 있었다. 나는 무슨 소리를 하느냐고, 그런 말은 금시초문이라는 얼굴로 놀라는 척했다. 하지만 이내 그런 내가 역겨워졌다. 더구나 준석이가 제발 그러지 말라는 눈길로 쏘아보자 나는 멈칫했다. 결국 나는 속을 털어놓고 말았다.

"아, 알고 있었니?"

"그럼! 넌 아버지 진짜 딸이고 난 가짜 아들이잖아."

"어떻게?"

"지난번 가족 모임에서 할머니가 일으킨 소동처럼 그런 일들이 숱하게 많았는데 너라면 눈치 못 챘겠니?"

"그랬니? 그럼 두 분이 너하고 실제로 어떤 관계인지도 알아?"

"그냥 어렴풋이 친척이라는 것만 알아. 사실을 알고 싶다는 생각과 차라리 알고 싶지 않다는 생각이 늘 싸웠던 것 같아. 네가 처음 우리 집에 온 날 촌수를 따지면서 알려고 했던 것도 그런 혼란스러운 감정의 표현이었던 것 같아."

우리 사이에 침묵이 흘렀다. 나는 준석이의 그 말에 어떤 고통이 함축되어 있는지 알고 있었다. 그리고 복잡하게 꼬여 있는 것처럼 느껴지던 말과 행동이 일사불란하게 정리되기 시작했다. 그 때의 내 심정을 뭐라고 표현해야 할까. 한마디로 설명하기 힘들 정도로 이상했다. 가슴이 아픈 것 같기도 하고 께름칙하게 우울한 듯도 싶고, 그런가 하면 한편에서는 시원하고 통쾌해서 울음이라도 터뜨릴 것 같았다. 사실 속이 후련할 때 터지곤 하던 그런 울음이 내 목구멍 안에서 스멀스멀 비어져 나오고도 있었다.

"어른들은 왜 꼭 문제를 복잡하게 만들기를 좋아할까?"

"글쎄 말이야."

더 긴 표현이 필요한 것 같지는 않았다. 이를테면 너 참 힘들었겠다, 그 동안 어떻게 견뎠어? 하는 식의. 그런 말은 여름밤이 다 삼켜 버려도 상관없는 일이었다. 도대체 무슨 상관이겠는가. 하지만 그 순간은 정말 중요했다.

그것은 준석이 말에 내가 처음으로 맞장구를 친 일대 사건이라고 할 수 있었다. 초여름날 자정이 넘은 시각, 나는 태어나 처음으로 한 남자애와 마음을 맞추었다. 준석이는 엄마와 소영이에 이어 세 번째로 내게 다가온 영장류였다. 감정이나 느낌도 통한 것 같았다. 집안 문제로 인해 고독을 경험해 본 사람들끼리의 소통이라고나 할까. 아무튼 우리 둘 사이에는 그와 비슷한 공감대가 생겨난 것이다. 영원히 잊을 수 없는.

그런데 그 남자애는 나와 묘한 관계다. 남매도 아니고 그렇다고 남도 아니고…….

그리고 내 입에서는 놀랄 만한 말이 튀어나왔다.

"아버지하고 함께 이야기했으면 좋겠어. 우린 벌써 다 알고 있다고. 그러니 애써 그러지 마시라고. 어떻게 생각해?"

준석이가 자신의 비밀을 웬만큼 알고 있다는 사실을 아버지나 아줌마가 조금도 눈치채지 못한 상태라니, 아무리 생각해도 믿어지지 않는 일이었다. 무엇보다 준석이에게 정보를 제공한 것은 다름 아닌 부주의한 어른들이다. 그런데도 어른들은 오늘도 역시 시치미를 떼면서 쉬쉬하고 있는 것이다. 정말 말도 안 되는 일이었다. 코미디가 따로 없었다.

"그래야겠지."

준석이의 대답은 이상하게 시들했다. 나는 약간 상처를 받은 느낌이었다. 내 몸 어딘가를 무언가가 슥 하고 베고 지나간 것 같았다. 하지만 그건 자상일 가능성이 컸다. 내가 태어나 처음으로 남 앞에서 아버지라는 호칭을 썼다는 걸 이 아이가 어떻게 알겠는가.

설사 그것이 너와 내가 사이좋게 나누어 가져야 할 의미로서의 아버지라고 하더라도 말이다. 드디어 해냈다고, 만세를 부르고 축포를 터뜨리고 만천하에 그 사실을 알리면서 함께 축하해 준다면 더할 나위가 없겠지만, 그러지 않아도 상관없는 일이다. 준석이가 몰라줘도 이미 내 안에서는 그런 게 이루어지고 있는 것 같았다. 준석이가 내 말에 소극적인 반응을 보인 것은 그 애만이 느끼는 또다른 감정 때문일 것이다. 나는 애써 나를 다독이며 다음 단계로 나아갔다. 가야만 하는 길을 향해 망설임 없이 매진하는 것, 그것이 내 유일한 장점이 아니었던가.

"언제 말할래?"

내 입에서는 활기찬 음성이 경쾌하게 튀어나왔다. 나는 그런 식의 이야기 방향이 잘못된 거라는 생각은 들지 않았다. 조급하다고 비난할 수 있는 성질의 문제가 아니었다. 그런 일은 한시가 급했다. 빠른 시간 안에 진실을 공유하고 잘못된 것을 바로잡는 것만이 편안한 관계를 회복할 수 있는 길이다.

그런데 준석이 생각은 좀 다른 것 같았다.

"조금만 기다려 줘. 내가 말할게. 기회를 봐서."

정말 놀라운 말이었다. 공교롭게도 아버지와 똑같은 말이 준석이 입에서 튀어나온 것이다. 나는 마음을 가라앉히려고 가슴 한복판을 손바닥으로 지그시 눌렀다.

준석이가 계속 말했다. 이번에는 목소리가 조금 떨리는 것 같았다.

"이건 아버지하고 나 사이에서 해결되어야 할 문제야."

꽤나 비장한 목소리였다.

할 수 없이 그 정도에서 수긍하기로 마음먹었다. 한번 받아들이는 게 어렵지 그 다음은 쉬운 법이다. 다 함께 이야기하는 게 더 좋은 방법이라는 아쉬움은 있었지만 상관없었다. 나는 괜찮았다.

"조금 겁이 나기도 해. 네가 이해할 수 있을지는 모르지만. 사실은 그래서 오늘 다리 밑으로 나가기로 했던 약속도 지키지 못한 거야."

길게 생각하지 않아도 그럴 것 같아서 나는 고개를 끄덕였다. 아버지가 기다려 달라면서 망설이는 시간과 준석이가 필요로 하는 시간은 같을 수도 있고 다를 수도 있었다. 내가 할 수 있는 일은 그 시간의 입구가 내 쪽을 향해 열리기를 바라면서 조용히 기다리는 것이다. 나는 할 수 있을 것 같았다.

## 22.
## 나는 아버지를 사랑하지 않을 것이다

　하지만 다음 날이 되고 그 다음 날이 되어도 준석이가 행동을 개시할 것 같은 기미는 느껴지지 않았다. 왠지 말이 적어지고 표정이 굳어 있을 때는, 숨을 고르는 거라고, 워밍업을 하는 거라고, 그렇게 이해하려 했지만 맥없이 시간만 흐르자 의심이 갔다. 그래서 한번 떠보기로 했다. 바로 토요일 아침 식사 시간이었다.

　마침 아버지가 이렇게 말했다.

　"오늘 요 앞 운동장에서 실업 팀 축구경기가 있다던데, 같이 구경이나 갈까?"

　물론 준석이를 보고 하는 말이었다. 아줌마는 오후에 빵집을 지켜야 하기도 했지만 밥을 차려 주고는 방으로 도로 들어

가서 자는 중이었다. 나는 축구 따위에는 관심도 없었다. 그런데 굳이 아버지가 나한테도 함께 가자고 했다. 나는 확실한 태도로 전혀 가고 싶지 않다고 거절했다. 대신 준석이를 향해 이렇게 덧붙였다.

"축구 보면서 그 말씀도 드리면 되겠네."

사실 나로서는 어렵게 꺼낸 한마디였다. 내가 감히 어떻게 식사 자리에서 그런 말을 할 수 있었겠는가. 그런데 순간 준석이가 나를 와락 노려보는 게 느껴졌다. 나는 깜짝 놀랐다. 부릅뜬 눈에는 미움과 원한이 가득했다. 잘하면 한 대 칠 듯한 매서운 눈초리였다. 식탁이라도 뒤집어엎을 것 같았다. 겁이 나서라기보다는 내 조급증이 새삼 부끄러워 나는 얼른 눈을 내리깔았다.

아버지가 물었다.

"무슨 말인데?"

"아, 아니에요."

나는 당황하여 얼른 손을 내저었다. 준석이의 분노는 그래도 가라앉지 않은 것 같았다. 여전히 붉은 얼굴은 잔뜩 찌푸려져 있었다. 정말 이상한 아이였다. 당연히 화를 내거나 분노를 터뜨릴 대목에서는 한없이 침착하다가, 또 어떤 경우에는 아무것도 아닌 일에 목숨을 걸며 적의를 드러냈다. 녀석의 그런 변화가 나는 못마땅하기보다는 신기했다.

"저 공부해야 돼요. 곧 기말고사잖아요. 방학 때 가요."

"그래, 그러자."

준석이가 거절하자 아버지도 별로 아쉬워하는 기색 없이 고개를 끄덕였다. 아버지의 목소리는 태평하면서도 평화로웠다.


오후에 잠시 낮잠을 자다가 또 꿈을 꾸었다. 이번에는 엄마한테 죽도록 얻어맞는 꿈이었다. 잠에서 깨어난 나는 마치 목마를 때 물을 찾듯이 엠피스리를 애타게 찾았다.

한참 동안 수선을 피운 뒤에야 책상 밑에서 엠피스리를 찾아 냈다. 이어폰을 귀에다 꽂고 스위치를 누르자 음악이 흘러나왔다. 나는 침대에 드러누워 눈을 감았다. 마음이 조금은 안정되는 것 같았다.

엄마에게 무섭게 얻어맞은 것은 딱 한 번이었다.

초등학교 4학년 때쯤이었던 것 같다. 휴일 날 저녁에 엄마는 밥을 차려 놓은 뒤 외출하고 없었다. 식탁에 앉아 밥을 먹으려는데 개가 달려들어 꼬리를 흔들며 애교를 떨었다. 무의식적으로 감자볶음 하나를 던져 주었다. 내가 던진 것을 개가 입으로 딱 받아 낚아채는 그 순간의 신비로움을 뭐라고 표현하면 좋을까. 뭔가가 직각으로 꺾이더니 개의 입에서 살며시 정지하는 순간의 그 느낌. 민첩함. 마치 무용수가 착지 자세를 취하는 것 같았다. 그리고 난 뒤에 들려오는 냠냠냠 소리.

신기해서 그 장난을 계속하고 말았다. 개가 감자볶음을 끌고 온 집 안을 휘젓고 다녔다.

엄마가 돌아와 입을 딱 벌리는 순간에야 뭔가가 잘못됐다는 것을 눈치챘다. 그 날 정말 죽도록 얻어맞았다. 식탁과 소파 같은 것들을 들어 내고 퐁퐁으로 거실 바닥을 닦느라고 팔 다리가 빠지는 듯했다.

비록 꿈이라고는 하지만 그 기분을 반복해 경험한다는 건 그리 유쾌하지 않았다. 지금 생각하면 그 때 바보같이 왜 그랬나 싶다.

나는 엠피스리 볼륨을 조금 더 높였다.

그런 추억을 떠올릴 때 힘이 되어 주는 음악이 있다는 건 얼마나 다행스러운 일인가. 그 때의 불가해한 감정 상태, 흥분, 기쁨이나 뭐 그런 것. 그런 기분과 통할 수 있는 것 중의 하나가 음악이라고 나는 생각한다.

"미용아."

누군가 내 어깨를 흔들어 깨웠다. 순간 나는 내가 여전히 꿈을 꾸고 있는지도 모른다고 생각했다. 그렇다면 감자볶음 사건은 꿈 속의 꿈인 것인가.

눈을 뜨고 몸을 일으켰더니 아줌마였다. 나는 화다닥 침대 옆으로 내려가 서서 아줌마를 마주 보았다. 아줌마가 큰 소리로 웃음을 터뜨렸다.

"너 가끔 왜 그렇게 놀라니? 불러도 대답이 없어서 문을 열어 봤더니 또 음악이네."

"네, 너무 볼륨을 높였나 봐요."

"음악을 그렇게 크게 들으면 귀에 좋지 않을 텐데."

"조심할게요."

나는 재빨리 대답했다. 아줌마는 내 말에는 신경을 쓰지 않은 채 좋은 생각이라도 떠올랐다는 듯 가볍게 손뼉을 쳤다.

"안 되겠다. 작은 거라도 네 방에 놓을 오디오를 따로 장만해야겠어."

목소리에 나쁜 징조 같은 것은 없어 보였다. 비꼬거나 질책하는 기미는 느껴지지 않았다. 정말 오디오를 살 것 같은 분위기였다. 나는 양 손을 내저으며 얼른 무마시키려고 애썼다.

"아니, 괜찮아요. 다음부터는 작게 들을게요."

"아니야, 생각 좀 해 보자."

아줌마는 도무지 그만둘 것 같지 않았다. 나는 할 수 없이 화제를 바꾸었다.

"그런데 왜 부르셨어요?"

"왜는? 밥 먹어야지."

그러고 보니 벌써 저녁때였다. 학원에 가려면 숙제도 마저 해야 되는데, 아무래도 잠을 너무 오래 잔 것 같았다. 나는 후회하며 아줌마를 따라 식탁으로 갔다.

"잘 먹었습니다."

내가 다가가자 준석이가 벌떡 몸을 일으키더니 빈 밥공기와 수저를 들고 싱크대로 갔다. 찬바람이 쌩 도는 것 같았다. 다른 날에는 뭐라도 한마디씩을 꼭 던졌는데 내 쪽으로는 눈길조차 주지 않았다. 마치 나와 같이 밥 먹는 게 싫어 일부러 빨리 먹어치운 것 같았다. 나는 가슴이 철렁 내려앉는 기분이었다. 아침에 식탁에서 내가 한 말 때문에 토라진 게 분명했다. 아니, 화가 난 게 틀림없었다.

그 때 나는 알았다. 준석이 역시 아버지처럼 아무 말도 하지 못하리라는 것을.

아버지, 제가 당신 자식이 아니라는 거 다 알고 있어요. 그러니 제발…….

준석이는 절대로 그런 말을 하지 못할 아이였다. 아버지가 친아버지가 아니라는 사실은 어떻게든 받아들일 수 있겠지만 제 입으로 그것을 확인하지는 못하는 아이였다. 그게 바로 준석이의 한계였다. 게다가 그 애는 진심으로 아버지를 사랑하는 것 같았다. 그게 그렇게 쉽게 말할 수 있는 것이었다면 준석이는 이미 오래 전에 터뜨렸을지도 모른다. 철없을 때, 아무것도 모르는 척하면서.

입 밖으로 뱉기 전의 말과 그 후의 말이라는 것은 그렇듯 하늘과 땅 차이다.

사랑이 두려움일 수도 있다는 말을 엄마의 수첩에서 읽은 적이 있다. 누구나 한 번 맛본 달콤함이 사라질까 봐 염려하게 마련이다. 그 사실이 나를 또 자극했다. 아무리 날고뛰어도 나는 결국 준석이를 대신하지는 못하리라. 그 발끝에도 미치지 못하리라. 그러니 나는 아버지를 사랑하지 않을 것이다. 아버지는 내 사랑을 받을 자격이 없는 사람이다.

점심시간이 끝나 갈 무렵이었다.

갑자기 미선이가 남자아이 무릎에서 벌떡 몸을 일으키더니 호들갑스럽게 소리쳤다.

"야, 빅 뉴스! 실시간으로 뜬 빅 뉴스다!"

그러고는 펄쩍펄쩍 뛰면서 손에 든 휴대폰을 흔들어 대다가 믿어지지 않는다는 듯 다시 들여다보기를 반복했다. 어떤 연예인이 말썽이라도 일으켰어? 아니면 미국이 또 어느 나라에 폭격이라도 퍼부었니? 잠자던 아이들 두어 명이 깨어나 얼굴을 찌푸렸다. 하긴 소문에 살고 소문에 죽는 미선이다 보니 그 방면에는 정통한 면이 있었다.

게다가 방금 전까지만 해도 남자아이 무릎에 앉아 사과를 먹는 꼴불견을 연출하지 않았던가. 저 한 입 먹고 나면 남자아이가 또 한 입 베어 먹는 그런 식이었다.

미선이는 밥을 먹을 때도 가끔 그랬다. 급식용으로 나온 반찬이 마음에 들지 않으면 비장의 무기라며 사물함에서 고추장과 참기름을 꺼내 왔다. 그러고는 빨갛게 밥을 비벼 가지고 남자아이 무릎에 앉았다. 이리저리 닥치는 대로 한 입씩 먹여 줄 때도 숟가락을 바꾸거나 하지 않았다. 숟가락 하나로 여러 명이 함께 먹는 일쯤이야 아무것도 아니라는 식이었다. 그러다 보니 아이들은 쟤는 남자 무릎 위에서가 아니면 밥이 안 넘어간대, 하면서 미선이가 듣건 말건 빈정거렸다.

"와, 죽인다!"

"뭔데, 뭔데?"

미선이의 열에 들뜬 외침에 다른 아이가 반응을 보이자 나는 대번에 짜증이 나서 얼굴부터 찡그렸다. 나는 아이들이 모여드는 틈에 얼른 밖으로 나가 화장실로 갔다.

요즘에는 미선이가 정말 얄미웠다.

하긴 소영이에 관해 그 애한테 털어놓은 내가 잘못인지도 모른다. 저 바보에게 뭐 하러 그런 얘긴 했던 걸까. 아니, 앞으로 뭔가를 끼적거릴 때는 좀더 주의를 기울여야겠다.

나는 쉬는 시간에 잠깐 엎드려 교과서 맨 뒤 여백에다 낙서를 하고 있었다. 어쩌면 소영이한테 보내고 싶은 문자나 메일을 그렇게 대신하고 있었는지도 모른다. 그 때 갑자기 미선이가 다가와 그것을 빼앗아 가더니 함부로 읽어 대는 것이었다.


　소영아,
　지난 밤에 나는
　차가운 들판에서 총에 맞아 죽어 가고 있었어.
　생에 마지막으로 이루어져야 할 너와의 통화는 왜 그리
힘들었을까.
　숨은 가쁘고 마지막은 다가오는데
　하늘에서 별 하나 선명히 보이더라.
　거기가 내가 돌아갈 곳이라는 의식은 점점 분명해졌어.
　나는 점점 죽어 가고
　별은 더욱 빛나는데
　너는 끝내 전화를 받지 않더라.


　물론 공개적으로 떠벌리지는 않고 저 혼자 웅얼거리듯 읊조
리고 있었다. 나는 창피하고 부끄러웠다. 미선이가 알아보든
말든 그 꿈 내용은 내 마음 깊은 곳을 찌르는 데가 있었다. 그
마음을 공유할 수 있는 사람은 세상에서 소영이 단 한 사람뿐
이었다.
　"이리 내놔!"
　내 기세가 무척 험악했던지 미선이는 주춤거리며 다가와 던
지듯이 책을 건네주었다. 나는 낙서한 페이지를 와락 뜯어 내

주머니에 집어 넣었다. 그것은 편지이기 전에 꿈의 기록이었다. 꿈을 잊는다는 것은 엄마를 저버리는 것이나 다름없었다.

"어휴, 저 성질머리하고는!"

미선이는 진저리를 치면서 자기 자리로 가 앉았다.

오후에 야자 한다고 남았을 때 미선이가 먼저 그 이야기를 꺼냈다.

"소영이가 누구니?"

"또다른 나."

나는 거침없이 말했다. 그 때 내가 좀 거들먹거렸던가. 그건 잘 모르겠다. 아무튼 미선이가 대번에 입술을 삐죽거리는 것으로 봐서, 듣기에 따라 내 말투가 산뜻하지 않았을 수는 있다.

나는 소영이와 나의 관계를 생각나는 대로 이야기했다. 만남에서 지금 이 순간까지. 물론 얼마 전에 싸웠다는 이야기는 하지 않았다.

다른 고딩과는 질이 다른 아이!

소영이는 나의 수호신이라는 말도 덧붙였다.

그런데 내 말이 채 끝나기도 전에 나타난 미선이의 반응은 천둥 벼락 같은 것이었다. 한마디로 싸가지 없음, 그 자체였다.

"지 옆에 누가 있으면 그 사람의 실제 모습과는 상관없이 치장시키고 꽃단장하는 인간들이 꼭 있지."

"무슨 소리야?"

"너하고 똑같은 애가 세상에 또 어딨냐?"

188

미선이는 숫제 내 턱 밑에다가 제 얼굴을 들이대고는 싸울 듯이 팩팩거리고 있었다. 나는 그 알 수 없는 적의와 야유, 빈정거림에 경악을 금치 못했다. 이해가 되지도 않았다. 미선이가 왜 그러는지 까닭을 알 수 없었다. 그저 기가 막히고 황당할 따름이었다.

"너 지금 뭔 소릴 하는 건데?"

"웃겨서, 네 말이 얼마나 웃기는지 넌 모르지? 뭐? 다른 고딩과는 질이 다르다고? 네 머릿속엔 환상이 가득하지? 그걸 다 사실이라고 믿지?"

미선이의 조롱 섞인 말투는 조금도 달라질 기미를 보이지 않았다. 나는 미선이가 무섭기까지 했다. 내 마음을 털어놓은 대가가 고작 그거란 말인가. 도대체 내가 뭘 잘못했다고. 나는 터무니없는 모함과 저주 앞에서 울고 싶은 기분이었다.

한 시간쯤 지났을 때 미선이는 풀 죽은 채 사과를 해 왔다.

"미안해. 내가 왜 그렇게 소리를 지르고 흥분했는지 모르겠어."

그러고는 헤벌쭉 웃었다.

나는 마주 웃을 기분이 전혀 아니었다. 용서하고 싶지도 않았다. 내 눈에는 미선이가 악당처럼 보였다.

"소영이는 내 영원한 친구야. 평생 함께 갈 그런 친구란 말이야. 네가 이러니저러니 말할 계제가 아니라고. 물론 평생 친구라는 게 뭔지 너는 이해하기도 힘들겠지만."

내가 그렇게 쏘아붙이자 미선이는 처음에는 그래, 그래 하면서 무조건 꼬리를 내렸다. 하지만 돌아서서는 또다시 빈정거렸다.

"그래, 너 잘났다. 네 팔뚝 굵다."

나는 자포자기한 심정으로 한숨을 푹푹 내쉬었다. 웃음이 나오지는 않았다. 그런 유치한 말에 웃음을 터뜨릴 내가 아니었다.

그 뒤로는 미선이 목소리가 멀리서만 들려도 멀미나듯이 속이 메슥거렸다. 지금처럼 교실이 떠나갈 듯 소리를 질러 대는 데에는 노이로제에 걸릴 지경이었다.

"야, 너 화장실에서 뭐 하는 거야? 누구보다 너한테 전해 줘야 할 뉴스를 네가 듣지 못한대서야 말이 안 되지!"

거울을 보면서 콧등에다 파우더를 살짝 바르고 있던 나는 하마터면 기절을 할 뻔했다. 미선이가 화장실까지 따라온 것이다.

"아, 왜 또?"

너무 짜증나고 피곤해서 나는 쓰러질 듯이 휘청거렸다. 미선이가 내 상태를 눈치챌 리도 없었지만, 설사 그랬다 하더라도 아랑곳할 아이는 아니었다.

"세상에, 세상에, 어떡하니? 그 모범생 준석이가 사고를 쳤다는 소식이야. 신화고등학교 지금 난리 났단다. 미용아, 너 이제 어떡하니?"

준석이가 사고를 쳤다고? 나는 대번에 콧방귀를 뀌었다. 사고를 친 게 아니라 사고를 당한 거겠지. 뭘 똑바로 알고나 말을 하시지. 그건 그렇다 치고, 날더러 어떡할 거냐니, 도대체 무슨 말이 하고 싶은 걸까. 그런 말을 하는 꿍꿍이가 뭘까. 나는 바싹 긴장한 채 미선이를 째려보았다. 무엇보다 나 자신을 잘 방어해야 할 순간인 것이다.

"그게 다 무슨 소리야?"

"글쎄 준석이가 학교 유리창을 주먹으로 깨 버렸대. 그래서 꽤 다친 모양이야."

나는 멍하니 미선이를 쳐다보았다. 준석이가 유리창을 깨? 유리창이 지나가던 준석이를 다치게 한 게 아니라? 나는 미선이 말에 다른 의도가 있는지를 간파해 내려고 긴장을 늦추지 않았다. 까딱하다가는 또다시 당할 우려가 있었다.

"정말이니?"

"그럼. 볼래? 각각 다른 친구한테서 똑같은 문자가 왔잖아."

그러면서 미선이는 문자 메시지를 보여 주었다. 나는 이유가 뭐냐고 물었다.

"글쎄, 그게 좀 웃겨. 선생님이 왜 그랬냐고 하니까 태양 때문에 그랬다고 하더래. 계단을 걸어 내려가는데 해가 빛을 쏘아붙이니까 열이 받더라나 어쩌나. 아무튼 여기 다음 문자에 적혀 있잖아. 봐, 진짜지?"

"태양 때문이라고? 설마……."

"얘가, 보고도 못 믿네. 『이방인』에 나오는 주인공이 뫼르소였던가? 왜 살인을 저질렀냐고 하니까 해변의 태양 때문이라고 했던 그 주인공 말이야. 갑자기 그 뫼르소가 생각난다. 태양이 싫어! 태양이 싫어! 야, 또 비에 열광할 애들 많이 나오겠다. 준석이는 신화에서 완전히 킹카라는데. 하여간 사고를 치고도 영웅 대접 받는 인간들이 꼭 있어요, 꼭!"

미선이는 신이 나서 떠들어 댔다. 마치 연예인에게 열광하는 철없는 중학생 같았다. 『이방인』도 실제로 읽어 봤을 리가 없었다. 지난 번 국어 시간에 선생님이 했던 말을 뭣도 모른 채 그대로 떠들고 있는 게 분명했다.

'멍청한 바보!'

나는 그렇게 중얼거리면서도 이상하게 마음이 불안해졌다. 특히 준석이가 해 때문에 유리창을 깼다는 대목에 이르러서는 가슴이 덜컹 내려앉는 것을 느꼈다.

미선이는 준석이가 얼마나 다쳤는지는 모르지만 병원에 실려 간 것만은 확실해 보인다고 말했다. 그래서 준석이는 지금 이 시간, 신화고등학교에 없다고 했다.

교실로 갔더니 준석이를 아는 아이들 몇이 그 이야기를 하고 있었다. 전교 일등짜리가 그런 사고를 치면 선생님들 반응이 어떨까. 대체적인 관심은 거기에 쏠려 있었다.

교실 뒤에서 브레이크 댄스를 추며 비의 노래를 부르는 아이까지 있어 나는 더욱 놀랐다. 수업이 시작됐는데도 야릇한 흥분은 좀처럼 가라앉지 않았다. 다른 학교에서 일어난 일인데도 그랬다.

나는 아버지에게 전화를 해 볼까 생각했지만 그만두기로 했다. 왠지 적절하지 않다는 느낌이 들었던 것이다.

수업이 중반쯤으로 접어들었을 때, 번쩍하고 머리에서 불꽃이 튀었다.

설마!

순간 나는 내 불안의 정체를 깨달았다. 까마득한 낭떠러지 밑으로 추락하는 기분이었다.

아침에 별 탈 없이 집을 나서서 학교로 가기는 했지만 준석이는 화가 나 있었던 모양이다. 얼른 아버지에게 진실을 털어놓으라는 내 독촉에 지친 게 분명하다. 화가 나고 심란한 상태에서 주먹을 휘둘러 유리창을 깨 버린 것이다. 다른 사람도 아니고 아버지의 진정한 아들인 바로 그 준석이가.

나는 진동으로 설정해 놓은 휴대폰을 꺼내 부재중 전화라도 있는지를 확인하면서 안절부절못했다. 갈피를 잡기가 힘들었다. 그러나 휴대폰에는 아무런 메시지도 들어와 있지 않았다. 며칠째 소영이까지 전화를 하지 않으니까 오는 전화도 없고 받을 전화도 없는 상태였다. 내 휴대폰은 있으나마나한 깡통이었다.

'머뭇거리면서 약속을 지키지 않은 건 너야!'

자꾸만 그런 생각이 드는 것은 아무래도 죄책감 때문인 것 같았다.

　따지고 보면 꼭 그래야 할 이유는 없었다. 나는 아무 잘못도 저지르지 않았다. 그저 사실을 조금 밝히려 했을 뿐이었다. 진실을 외면하지 않은 것, 그것이 무슨 죄란 말인가.

사방이 어두워지고 있었다. 가로등 불빛이 물 속에서 하나
둘 표면으로 떠올랐다. 나는 며칠 전 준석이와 만나기로 했던
그 다리 아래 계단에 앉아 있었다.

주먹으로 유리창을 깨는 남자아이의 형상이 떠오를 때마다
목구멍 안쪽 그 무언가가 조금씩 함몰되면서 녹아 내리는 것
같았다. 이름도 모를 화학 약품에 타 들어가는 것 같은 통증도
실제인 듯 느껴졌다. 주먹에서는 피가 흘러내리고 끊어진 근
육 가닥이 바깥으로 너덜거렸다. 그 아이는 눈과 입을 꼭 닫은
채 자기 세계로 깊숙이 숨어 버렸다. 나는 머리를 부여잡으며
마구 흔들어 댔다.

전철을 타고 빨리 병원으로 가 봐야 할지도 모르지만 나는

그렇게 할 수가 없는 처지였다. 가고 싶지도 않았다. 수술을 했다는데, 몹시 아팠을 텐데, 내가 어떻게 그 아이 얼굴을 마주볼 수 있겠는가.

나는 손에 잡히는 대로 좁쌀만한 모래를 주워 자꾸만 강으로 던졌다. 물에서는 어떤 파문도 일지 않았다. 모래를 던지는 속도가 점점 빨라졌다. 하지만 강에는 아무런 변화도 드러나지 않았다.

수업이 끝나자마자 나는 집으로 갔다. 집은 텅 비어 있었다. 마음속에서 황량한 모래바람이 부는 것 같았다. 나는 모래를 씹는 기분으로 교복을 벗지도 않은 채 멍하니 식탁에 앉아 있다가 다시 집을 나섰다.

가게에 갔더니 아버지도 아줌마도 보이지 않았다. 뻔한 상황인데도 더럭 가슴이 내려앉았다.

나는 주방에서 일하는 남자에게 소리쳐 물었다.

"어디 가셨어요?"

나는 아버지라는 호칭을 쓰지 않았다. 쑥스러워서는 아니었다. 다시 내 안에서 그 말이 꺼려지기 시작한 것이다. 하지만 그 종업원에게라면 아버지라는 말을 꼭 썼어야 할 상황이었다. 그는 내가 누군지 모르니까.

"누구세요?"

"저, 따, 딸인데요."

196

더듬거리며 그렇게 말하는데 얼굴로 확 열기가 뻗쳐올랐다. 종업원이 웬 말도 안 되는 거짓말이냐며 호통이라도 칠까 봐 두려웠다. 종업원이 목장갑을 벗으면서 오븐을 쌓아 놓은 좁은 통로를 통해 매장으로 나왔다.

"아, 네가 미용이구나? 진작 그렇게 말하지."

종업원이 환하게 반기면서 소리쳤다. 하지만 이내 얼굴빛이 흐려졌다.

"모르고 있지? 준석이가 조금 다친 것 같아. 두 분 다 병원에 가셨어."

그 때문에 자기 혼자서 빵도 만들고 가게도 보느라 정신이 없다고 했다.

순간 저절로 고개가 숙여졌다. 사실이었구나. 미선이 패거리가 거짓 정보를 보내 온 게 아니었구나. 사실 가게 문을 들어설 때만 해도 나는 아버지와 아줌마가 안에 있기를 바랐다. 준석이와 관련된 모든 것이 거짓이기를 염원했던 것이다.

"얼마나 다쳤대요?"

"꽤 다친 모양이야. 동네 의원에서 수술을 해야 될지도 모른다더라. 사장님이 서울 큰 병원에 가서 입원 수속 밟는 대로 전화 준다고 하셨는데 아직 연락이 없구나. 전화 한번 해 볼까? 나도 아까부터 궁금했는데."

그러면서 종업원은 이미 수화기를 들고는 번호를 누르고 있었다. 속으로 무척 긴장이 되었다. 전화가 연결되는 동안 그 어느 때보다도 심장이 큰 소리를 내면서 뛰었다.

"아, 벌써 수술이 끝났어요? ……근육이 끊어졌구나. 정말 큰일날 뻔했네……."

한참 동안 이야기를 나누더니 종업원은 전화기를 내 손에 쥐여 주었다. 나는 떨리는 심정으로 수화기를 받아서 귀에다 갖다 댔다. 아버지 목소리가 들려왔다.

"미용이니, 놀랐지? 준석이는 괜찮아. 다행히 수술이 잘 됐단다. 그나저나 미용이 저녁밥은 어떡할래?"

이 마당에 아버지는 저녁밥 타령이었다. 그 말에 안심이 되면서도 왠지 아버지와 더 멀어지는 느낌을 받았다. 나는 알아서 하겠다고 한 뒤 전화를 끊으려고 했다. 그랬더니 아버지는 오늘은 아줌마와 함께 병원에서 준석이를 지켜야 할 것 같다고 했다. 그 이유까지 친절하게 설명해 주었다.

"준석이가 죄송하다고 한마디 하더니 이상하게 잠만 잔다. 걱정이야."

나는 아무 말도 할 수가 없었다. 그 말이 꼭 준석이가 일부러 잠만 잔다는 이야기로 들렸다. 대화를 단절하고 모든 관계를 보류하기 위한. 나는 그냥 네, 하고는 전화를 끊을 수밖에 없었다. 뭘 입에 댄 것도 아닌데 혀끝에서 쓰디쓴 맛이 감돌았다.


강 건너 가로등 불빛은 더 환하게 밝아지고 있었다. 매미 울음소리는 다리 밑에서도 들려왔다. 시멘트 다리에 붙어서 울다가 다른 곳으로 날아가기를 끈질기게 되풀이하고 있었다.

갑자기 눈에서 눈물이 흘러내렸다. 나는 휴지를 꺼내 티 나지 않게 눈물을 닦아 냈다. 흐느끼거나 어깨를 들썩이지도 않았다. 등 뒤로는 운동하는 사람들이 계속 지나다니고 있었던 것이다.

그렇지만 집으로 돌아가고 싶지는 않았다. 아무도 없는 집에서 마음껏 울 수 있을지는 몰라도 그 울음은 아무래도 독이될 것 같았다. 아무리 쏟아 내도 시원할 것 같지 않았다. 나는울고 싶지 않았다. 나 자신이 밉고 싫을 뿐이었다.

아니, 나는 준석이가 미웠다. 녀석이 한 행동은 나를 겨냥한것 같다는 의심을 떨칠 수가 없었다. 나를 단죄할 목적으로 지독한 펀치를 날린 것이다. 그렇지 않고서는 이럴 수가 없는 일이었다. 나는 아주 분했고 그래서 눈물이 났다.

나는 또다시 자잘한 모래를 주워 강으로 던졌다. 외롭고 힘들다는 생각이 강물로 빠져 나가기를 바랐다. 좀더 굵은 모래를 던졌을 때는 작은 물고기의 입질 같은 파문이 일었다. 그러자 내 입에서는 저절로 엄마, 하는 신음 소리가 튀어나왔다. 나는 가방에서 아무 노트나 꺼내 맨 뒷장에다 메모를 시작했다.

엄마, 내 심장은 왜 이렇게 미지근해?
왜 나는 선하지도 못하고 악하지도 않은 거야?
차라리 아주 착하거나 나빴더라면

이렇게 가슴이 아플 일도 없었을 거야.

엄마는 도대체 날 왜 이렇게 낳아 놓은 거야?


그러자 봇물 터지듯 걷잡을 수 없는 눈물이 흘러내렸다. 나는 소리 내지 않으려고 최대한 꺽꺽거렸다. 그 때였다.

"야, 미용아 왜 그래?"

나는 화들짝 놀라 얼른 노트를 덮고 가방에 집어 넣었다. 눈물을 훔치면서 고개를 들었더니 미선이가 놀란 눈으로 나를 내려다보고 있었다. 빌어먹을 계집애! 하지만 그 다음에 내가 취한 행동은 내가 생각해도 뜻밖이었다. 나는 그만 미선이 품에 얼굴을 묻고는 펑펑 소리내어 울고 말았던 것이다.

시간이 얼마나 흘렀을까. 나는 차츰 눈물을 거두었다. 조금 후련한 느낌이었다. 나는 그 사실을 당연하게 생각하고 있었다.

정말 울고 싶을 때는 이렇게 훤히 트인 공간에서 울어야 하는 것이다. 누구든 봐 주는 사람이 있는 곳에서. 하다못해 자기 자신이라도 봐 주어야 한다고 나는 생각한다. 거울을 통해 흐느끼는 자신을 들여다보면 어느새 아픔은 씻겨 나간다.

만약 화장실 같은 데 숨어서 혼자 울면 오히려 날카로운 뭔가가 살 속으로 파고드는 느낌이 들 것이다. 그런 눈물은 독이나 다름없다.

이렇게 울고 싶은 날 미선이라도 만난 것은 정말 다행인지 모른다. 누군가 옆에 있으면 눈물은 더 이상 아픔이 아니다.

"너 무슨 일 있어? 준석이 때문에 그래?"

미선이가 착 가라앉은 음성으로 물었다. 제 딴에는 꽤나 놀란 모양이었다.

"아니."

준석이라는 말이 미선이 입에서 흘러나오는 순간 내 목소리는 놀라울 정도로 싸늘해졌다. 나는 미선이한테서 떨어져 나왔다. 그것은 거리감이었다. 가슴이 덜컥 내려앉았다. 좀 전과 달리 나는 하필 미선이를 만난 걸 후회했다. 미선이가 지나가는 길에 앉아 울고 있었던 게 큰 실수로 여겨졌다.

"그럼 왜 그래? 무슨 일이야?"

"싸웠거든."

"누구랑?"

"소영이랑."

나는 나도 모르게 엉뚱한 소리를 늘어놓기 시작했다. 통제 불능인 고장난 엔진이 덜커덕거리며 제멋대로 굴러가고 있었다. 오늘따라 왠지 미선이도 그런 나를 탁 믿어 버린 눈치였다. 아무런 의심 없이 내가 이끄는 대로 따라왔다.

"왜?"

"그냥 내가 심술을 부렸어."

"너 걔 진짜 좋아하는구나. 그럼 미안하다고 말해. 그럼 되잖아."

"이미 해 봤어. 받아주지 않더라."

이제는 거짓말까지 술술 흘러나왔다. 그런 나 자신을 또 하나의 내가 안타깝게 지켜보고 있었다. 그렇다고 바로 거짓말이야, 심심해서 그냥 해 본 소리야, 라고 할 수는 없는 일이었다.

게다가 왠지 스스로도 거짓말 같지가 않았다. 소영이한테 사과했다가 거절당한 게 실제로 내게 일어난 일인 것만 같았다. 무엇보다 소영이에 대한 서운함, 미움이 입 안에서 곧 터져 나오려는 기침처럼 생생했다. 지금까지 문자 한 통을 보내지 않은 것, 저는 부모도 완전하고 언니도 있으면서 먼저 손을 내밀어 주지 않은 것, 그것만으로도 나는 호되게 배신당한 기분인 것이다.

"정말? 걔 너무하다. 친구가 미안하다고 하면 받아주는 게 예의지. 이제 소영이랑 놀지 말고 나랑 놀자. 알고 보면 내가 걔보다 좋은 점이 훨씬 많거든. 네 마음도 몰라주는 게 무슨 친구냐?"

"그렇지?"

"그래, 소영이 따위는 이제 잊어버려!"

"알았어. 다시는 생각하지 않을 거야."

"우리 노래방이나 갈래?"

"그럴까? 넌 누구 노래 좋아하니?"

"다 좋아해."

마침 집에 들어가기 싫던 참이었다. 길에서 미선이를 만난 것은 아무래도 내게는 행운일 수밖에 없었다. 우리는 전철역 근처에 있는 노래방으로 가서 두 시간을 예약했다. 마이크를 잡은 것은 주로 나였다. 알고 봤더니 미선이는 지독한 음치였다.

"미워하는 미워하는 미워하는 마음 없이 아낌없이 아낌없이 사랑을 주기만 할 때 수백만 송이 백만 송이 백만 송이 꽃은 피고 그립고 아름다운 내 별나라로 갈 수 있다네……."

레퍼토리가 바닥난 나는 마침내 엄마가 즐겨 부르던 노래까지 눌러서 불러 댔다. 그러자 놀라운 일이 벌어졌다. 자기는 듣는 게 취미라며 몸을 사리던 미선이가 마이크를 잡고는 연속해서 노래를 부르기 시작한 것이다. 그것도 주로 '립스틱 짙게 바르고' '서울 탱고' '찬찬찬' 같은 구닥다리에다 퇴폐적인 노래였다. 거기에 곁들인 춤도 어디서 구경해 본 적 없는 특이한 동작투성이였다. 나중에는 테이블 위까지 뛰어올라갔다. 마치 미선이 자신도 모르던 무언가가 안에서 깨어나 저 혼자 발광하는 형국이었다. 나는 배꼽을 잡으면서 웃어 대다가 안 되겠다 싶은 순간이 되면 손을 내저으면서 미선이식 놀이에 저항했다. 하지만 미선이는 전혀 개의치 않았다.

그 때 나는 이런 상상을 했다.

내 마음속에는 거대한 대지가 있다. 아직은 개발되지 않은 원시적인 평원에 지나지 않는 그 곳이 오늘따라 조금 들썩이고 있다. 맨 먼저 태양이 떠오르고 달이 차오르고 나의 집이 생기고 이웃도 하나 둘 늘어 간다. 가로등과 다리가 있는 저쪽 어딘가에 새로운 놀이터도 생겼다. 거기 어디 양지바른 곳에 나는 앉아 있다. 내 옆에는 평생 잊혀지지 않을 동무들이 있는 것이다. 소영이, 준석이, 그리고 네 번째 영장류인 미선이…….

그것은 일종의 지도와도 같은 것이다. 내가 지금 서 있는 곳과 앞으로 가야 할 길이 화살표와 다리와 불빛 같은 것으로 표시되어 있는, 바로 나만의 지도다. 시간이 흐르면서 내 지도는 더 방대해지고, 너무나 소중해서 사라지지 않는 것들로 가득 채워질 것이다. 알고 보면 나도 내 세상을 가진 부티 나는 사람이다.

그 지도의 주인은 나다. 누가 뭐래도 내가 대장이다. 대장이 대원들을 버리고 미워하고 시기하여 지도 밖으로 추방하려 한다면 나는 대장으로서의 자격이 없는 것이다. 나는 내 상상의 주인공들을 지켜야 한다.

마음을 먹자 이상하게도 홀가분했다. 그런 결심을 하고도 불안감 없이 이렇게 편안할 수 있다니, 나도 이제 다 자란 거야, 혼자서도 뭐든 할 수 있다고. 슬며시 미소지으면서 나는 미선이 노래가 언제 끝날지를 가늠해 보았다.

집에 들어가기 전 현금지급기에서 돈을 찾았다. 기계에서 나온 돈을 챙기는 순간 불안감이 잠깐 스쳤다. 엄마가 남긴 돈이 거짓말처럼 줄어들어 있었다. 그 동안 아버지한테 학원비와 용돈을 받아 썼는데도 그랬다. 그렇다고 비싼 옷을 사거나 불필요한 낭비를 한 적도 없었다. 도대체 돈은 다 어디로 날아간 것일까.

어쨌거나 살 방은 얻어야 하는데, 그러고 나면 빠듯할 것 같았다. 조금 걱정이 되었다.

하지만 나는 이내 도리질을 했다. 돈은 쓰지 않고 벌면 언젠가는 불어나게 되어 있다. 나는 구두쇠처럼 아끼고 또 아낄 것이다.

되도록이면 트렁크 하나에다 짐을 챙기려다 보니 아무래도 버릴 게 많았다. 아끼던 옷도 적잖이 포기해야 할 것처럼 보였다. 결국 엄마가 남긴 상자와 옷 몇 가지, 소영이한테 선물 받은 책과 시디 외에는 그대로 두고 가기로 했다. 운이 좋으면 나중에 다시 챙겨 갈 수도 있는 일이었다. 나는 아버지와 영원히 등을 지려는 게 아니니까.

가방을 현관에다 끌어다 놓고 마지막으로 내 방에 가 보았다. 침대와 서랍장 등 겉으로는 모든 것이 그대로였으나 내 눈에는 텅 빈 웅덩이처럼 보였다. 생각해 보면 그 동안 그 안에서 잠시나마 따뜻했던 것 같다. 편안함을 느낀 적도 있었다. 그런데도 나는 고맙다는 인사조차 없이 떠나려 하는 것이다.

나는 식탁에 앉아 편지를 썼다.


그 동안 고마웠습니다.


내가 쓴 그 구절을 들여다보는데 갑자기 심란해졌다. 나는 종이를 구겨서 아무렇게나 집어던졌다. 하지만 곧 일어나 식탁 밑에 떨어진 종이를 주워 쓰레기통에 집어 넣었다. 그러고는 새 종이 한 장을 앞에다 펼쳐 놓았다. 하지만 도무지 그럴듯한 첫 구절이 생각나지 않았다. 그러다가 그 동안 고마웠습니다, 라는 구절이 왜 싫은지를 깨달았다. 고마웠다는 말에는 다음에 이어질 문장에 대한 암시가 깔려 있었다. 저는 그만 이 집

에서 나가려 합니다, 같은 도전적인 구절이 말이다. 내가 싫은
것은 바로 그것이었다.

하지만 나는 그런 것쯤이야 얼마든지 견딜 준비가 되어 있
었다. 나는 아버지를 포기하는 게 아니라 양보하는 것이다. 아
니, 원래 내 것이 아니었으니 돌려주는 것이다. 내 마음속 지도
에는 내가 지금 어디로 가야 하는지가 정확히 표시되어 있다.
나는 그 길만 따라 가면 된다. 아무것도 두렵지 않다. 나는 과
감하게 다음을 써 나갔다.

그 동안 정말 고마웠습니다.
저는 이제 그만 떠날까 합니다.

겨우 한 문장을 첨가했을 뿐인데 이번에는 심란한 정도가
아니었다. 가슴이 쿵쾅쿵쾅, 기차가 요란한 바퀴 자국을 내며
지나가는 것 같았다. 역시 말이란 마음 안에 숨어 있을 때가 가
장 순수하다. 밖으로 나오는 순간 기다렸다는 듯이 악마가 즐
거운 비명을 지르며 요동을 치는 것이다. 누군가에게 이별의
말을 한마디 한마디 보탠다는 것은 통장에서 돈이 한 푼 두 푼
빠져 나가는 것과 비슷한 경험이다. 그러니 준석이는 얼마나
힘들었을까. 감당하기 어려운 것을 털어놓아야 했으니 말이
다. 나는 편지를 다시 구겨 버렸다. 아버지라는 단어조차 쓰지
않을 바에는 뭐 하러 편지를 쓴단 말인가. 수신인과 발신인이

부정확한 편지는 편지도 아니다. 공연한 오해만 불러일으킬 것이다.

편지 쓰는 것을 그만두고도 나는 미적거리고 있었다. 식탁에 앉아 손으로 턱을 고인 채 몸을 끄떡끄떡 움직이면서 여유를 부리고 있었다.

그러다가 이모한테 전화를 걸었다. 다른 사람은 몰라도 이모에게는 내 생각을 말해 둘 필요가 있을 것 같았다.

"이모, 나야 미용이."

"그래, 잘 지내니?"

"응, 그럭저럭."

이런저런 이야기가 오갔다. 이모네는 이사를 하기로 했다고 한다. 식구도 많은데 단독 주택이 너무 불편한 것 같아 아파트로 가기로 결정을 보았다는 거였다. 벌써 계약이 끝나고 이사 날짜까지 잡혔다고 했다.

나는 슬그머니 이모를 떠보았다.

"옛날에 엄마는 아빠랑 헤어지고 나서 어땠어? 후회 안 했어?"

"후회 많이 했지."

"정말? 그런데 왜 여태 그런 말은 안 했어?"

"해 봤자 소용없으니까."

조금 뜻밖이었다. 내가 그렇게 물었던 것은 단지 내 마음의 불안을 그렇듯 우회적으로 표현한 것뿐이었다. 이 집에서 나가면 나는 후회하게 될까? 그런 일이 생길까? 그런데 아버지와의 만남을 평생 원망하고 살았던 엄마가 아버지와 헤어진 것을 후회한 적도 있다니, 나는 궁금해서 견딜 수가 없었다.

"아버지가 속였다며? 그래서 헤어진 거라며?"

"그건 그것대로 잘못된 거지만 헤어진 건 또다른 문제니까. 한 사람의 잘못이 곧장 이별로 연결되는 건 아니잖아. 내가 볼 때 네 엄마 아빠는 너무 성급하게 헤어졌어."

"난 정말 이해가 안 가."

그러자 이모는 조금 망설이는 것 같았다. 자신의 감정도 아닌 것을 나에게 전하는 게 부담스러웠을 것이다. 부질없는 짓이라고 여기는 것 같았다. 내가 얼른 말해 달라며 두어 번 더 재촉하고 나서야 이모는 다시 입을 열었다. 지금부터 말하는 것은 오로지 이모 자신의 개인적인 생각일 뿐이라는 토를 달고.

"젊은 날 네 아버지가 엄마를 붙잡으려고 솔직하게 자기 처지를 밝히지 못한 게 발단이 됐어. 이를테면 네 아버지가 대학생이 아니라고 하지 않은 것을 엄마는 대학생이라고 믿어 버리면서 오해가 시작된 거야. 나중에 그 모든 것에도 불구하고 네 아버지가 가장 소중한 존재라는 걸 깨달았을 때는 이미 늦어 버린 뒤였지."

"좋아하면서도 헤어졌다는 거잖아. 어떻게 그럴 수가 있어?"

"바보 같은 사람들이었지. 둘 다 중요한 순간에 정직하지 못했어. 서로에 대한 감정은 숨긴 채 잘못만을 물고늘어지면서 싸운 거야. 엄마는 그걸 평생 후회했단다."

"말도 안 돼. 결혼이 애들 장난이야?"

"누가 아니라니. 사람을 제대로 만나는 것도 힘들지만 잘 헤어지는 것도 그만큼 중요한 일인데 말이야. 뭐가 어떻게 되었든 잘못 헤어진 사람들 보면 그 다음 인생이 순탄치 않은 건 분명한 것 같더라."

"그래서 엄마가 끝내 혼자 산 거야?"

"에이, 지금 와서 그런 얘기 하면 뭐 하니? 그만두자."

"그래, 그만둬, 이모."

하지만 이모는 한마디를 덧붙였다. 모든 것에는 때가 있다는 이야기였다. 그 때를 놓치면 엄마처럼 평생 후회하게 된다고 했다.

내게는 그 말이 가장 마음에 남았다. 소영이와의 관계도 마찬가지였다. 싸우고 난 직후에 곧장 미안하다는 문자를 보냈어야 했다. 기회를 놓치고 나자 지금은 새삼 그것이 어색해져 버렸다. 나는 이모에게 방학이 되면 집으로 놀러가겠다고 한 뒤 전화를 끊었다.

불현듯 엄마 수첩에 적힌 문구가 떠올랐다.

'진정으로 솔직하기란 누구에게나 쉽지 않은 일이다.'

생각해 보면 엄마는 자신의 삶을 후회하기도 하고 수긍하기도 했던 것 같다. 줄기차게 후회만 하는 사람은 없는 법이니까.

나는 마음이 많이 가벼워졌다. 혼자서도 잘해 나갈 수 있을 것 같았다. 인생에서 중요한 몇 가지를 제대로 깨달은 느낌이었다. 나는 일어섰다. 이제는 정말 가야 할 때인 것이다.

그런데 그 때였다.

난데없이 현관에서 열쇠 돌아가는 소리가 들려왔다. 분명히 아버지와 아줌마는 병원에 있겠다고 했는데 도둑이라도 든 걸까. 기겁을 한 나는 벌떡 일어나 소파 옆에 엉거주춤 서 있었다. 현관 안으로 쑥 들어온 것은 놀랍게도 아버지였다. 아버지는 신을 벗다가 말고 깜짝 놀라 주춤하더니 나를 쳐다보았다.

아차!

하지만 너무 늦었다. 아버지가 내 여행용 가방을 보아 버린 것이다. 턱이 덜덜 떨리면서 마비되는 것 같았다. 어쩌면 배은 망덕하다는 비난과 함께 따귀를 맞거나 머리끄덩이를 잡힐지도 모르는 일이다. 사실은 더 잘하려고, 더 좋아지려고 집을 나가려는 건데 아버지가 그것을 이해해 줄까. 드디어 다른 아버지들처럼 야만적인 본성을 드러내는 건 아닐까.

나는 여유를 부려도 너무 부린 거라며 후회했다. 벌써 한 차례 얻어맞기라도 한 듯 얼굴까지 화끈거리고 있었다. 그런데 그 다음에 아버지가 보인 반응은 정말 놀랍고도 엉뚱했다.

"가방을 챙겨 놨네?"

그렇게 한마디 하더니 급한 듯이 화장실로 들어갔다.

"아버지가 짐 챙기러 올 거라는 걸 어떻게 알았니? 내일 오후에 퇴원할 거니까 간단한 것만 가져가면 되는데."

　화장실에서 그 소리가 들려오고 문이 닫혔다. 잠시 물 내리는 소리가 들리는 동안 내 머릿속도 텅 비어 버렸다. 정말 아버지다운 발상이었다. 아버지다운 사고방식이었다. 나는 픽, 소리내어 웃고 말았다. 자식에 대해 아무런 의심을 않는다는 것은 애정이 없다는 게 아닐까. 하고많은 반 아이들이 부모의 간섭과 지나친 강압에 대해 성토할 때마다 나는 하느님과 부처님에게 따지고 싶은 기분이었다. 진정 그것이 재앙이라면 견딜 수 있는 사람에게만 내려 달라고!

　잠시 후 아버지가 화장실에서 나왔다. 나는 원래 서 있던 자리에서 조금도 움직이지 않은 채였다.

　아버지가 물었다.

　"저녁은 먹었니?"

　"네."

　"준석이는 괜찮을 것 같다. 당분간 깁스를 해야 하니 불편하기는 하겠지만."

　"깁스는 왜요?"

　"오른쪽 엄지손가락의 굴절근육이 끊어졌단다. 오늘 그걸 잇는 수술을 한 거야. 그래도 그 정도로 끝난 게 얼마나 다행인지……."

　아버지는 양복 윗도리를 벗어 식탁 의자에 걸쳐 놓았다. 당신이 얼마나 다행스러워하는지는 더 듣지 않아도 알 것 같았다. 목소리가 경쾌하기까지 했다. 물론 그 때문에 나는 더 숨이 막혔지만.

"그럼 가방에다 뭘 챙겼는지 어디 한번 볼까?"

드디어 올 것이 온 건가. 아버지가 마침내 가방으로 다가가 세워 놓은 그것을 바닥에다 눕혔다. 그러더니 곧 난감해하며 나를 쳐다보았다. 내가 가방을 자물쇠로 채워 놓은 것이다. 내호흡은 거칠어질 대로 거칠어 있었다. 모든 것은 이만하길 다행이라며 안도한 아버지 탓이다. 나는 아무런 잘못도 저지르지 않았다. 나는 식탁 의자에 주저앉았다.

"왜 그러셨어요?"

떨리는 목소리가 내 입에서 흘러나왔다. 왜 그랬냐고 묻다니, 얼마나 당돌한 한마디인가. 나는 과연 이 상황을 감당이나 할 수 있을까. 아버지의 반응이 오기도 전에 내 입에서는 한숨부터 나올 것 같았다.

"뭘? 무슨 소리야?"

아버지는 가방 곁에서 일어나 내게 다가오면서 순진하게 빛나는 눈을 동그랗게 떴다. 한 치의 의심이나 두려움도 엿보이지 않는 천연덕스러운 눈빛이었다.

"준석이가 다쳤는데 왜 저한테는 미리 연락해 주지 않으셨어요? 어떻게 그럴 수가 있어요?"

이건 또 무슨 말일까. 내가 뱉어 놓은 말에 내가 놀라고 말았다. 내가 하려던 말은 그게 아니라 왜 사실을 숨기려고만 했느냐, 준석이한테 모든 것을 털어놓겠다고 해 놓고 어째서 지금까지 그렇게 미적거리고만 있느냐, 그 때문에 모든 게 뒤틀린 것 아니냐, 뭐 그런 이야기였을 것이다. 그런데 전혀 엉뚱한 말이 튀어나오고 만 것이다. 놀란 아버지는 어이쿠 하면서 다가오더니 곧 내 손이라도 마주 잡을 태세였다.

나는 여유를 주지 않으려고 강박적으로 서두르며 다음 말을 이었다.

"가족이라면 이럴 수가 없다고 생각해요."

맙소사. 한마디 말도 없이 집을 나가려는 행동은 얼마나 가족적인 건데? 그러나 자동 기계인 내 입을 난들 어떻게 하겠는가. 생각해 보면 내가 무심결에 내뱉은 말에도 일리가 없는 것은 아니다. 그 동안 모든 문제가 나를 온전한 가족으로 반겨 주지 않았던 아버지로부터 비롯되었다. 그것을 부정할 수는 없는 일이다. 자식에게 친척 행세를 하라고 강요한 것 자체가 얼마나 웃기는 코미디인가. 나는 아버지를 만난 즐거움을 표현할 수조차 없었다.

"미안하게 됐다. 정신이 없었어. 사실 네 생각이 나긴 했지만 수업 중일 것 같고 전화를 해서는 안 될 것 같았어. 나중에라도 꼭 연락을 했어야 하는데, 정말 미안하다."

아버지는 정색을 하더니 내 어깨를 살짝 건드리고는 어쩔 줄을 몰라했다. 그러고는

"그게 그렇게 서운했어?"

하면서 내 앞에 마주 앉았다.

그 때 나는 보았다. 한마디 할 때마다 아버지 얼굴이 점점 더 밝아지고 있는 것을. 어두운 방 안에 촛불이 하나가 켜지고 두 개가 켜지고 세 개가 켜지더니 마침내 완벽하게 환해진 그런 표정이었다. 그 동안 의절하고 살았던 피붙이가 드디어 마음을 열어 손을 내밀면서 살갑게 한마디를 던지고 있는 거라고 판단한 것 같았다. 그렇게 서운했어? 라고 말할 때는 세상의 모든 것을 다 얻은 사람의 행복감이 두 눈에 오롯이 새겨져 있었다. 나는 아버지의 그 기분을 알 것 같았다. 하지만 그거야말로 아버지의 착각이었다. 나는 지금 가출을 시도하고 있는 것이다.

아버지는 가방에 뭘 넣었냐고 물었다. 그 사이에 직접 열어보는 것은 포기한 모양이었다. 나는 고개를 조금 숙였다. 정말막다른 골목에 처했다는 것을 알았다. 아니, 이건 갈림길이었다. 어디로 갈 것인지는 순전히 나의 선택인 것이다.

주머니에 넣어 둔 내 휴대폰에서 벨소리가 들린 것은 그 때였다. 문자 메시지가 들어온 모양이었다. 지푸라기 하나라도 있었으면 하고 바라던 차라 나는 다분히 아버지를 의식하는 동작으로 주머니에서 휴대폰을 꺼냈다.

막연히 소영이가 드디어 메시지를 보낸 거라는 생각을 했다. 그 동안 참느라고 힘들었을 것이다. 이번에는 내가 정직하게 대답할 차례였다. 그러자 조급해진 나는 얼른 확인하고 싶어 안달이 났다. 하지만 아버지가 나를 빤히 쳐다보고 있었다.

펑계를 대며 화장실로 들어가 슬며시 문자를 열어 보았다. 글자가 쉽게 눈에 들어오지 않았다. 글을 판독해 내야 할 정신은 아득하고 먼 어딘가로 달아나 버린 상태였다.

한참 만에야 글자가 눈에 들어왔다. 놀랍게도 메시지를 보낸 사람은 소영이가 아니라 준석이였다. 나는 소스라치며 내용을 확인했다.

　　나야 준석이. 수술했다는 말 듣고 많이 놀랐지?

믿어지지가 않아 휴대폰 뚜껑을 도로 닫은 뒤에 다시 열어 보기를 거듭했다. 틀림없는 준석이의 메시지였다. 가슴이 둥둥거리며 뛰었다. 얼른 답장 버튼을 눌렀지만 무슨 말을 어떻게 적어야 할지 몰라 나는 안절부절못했다. 깜빡이는 커서가 내 대답을 독촉하는 것 같았다. 한참 만에야 안간힘을 다해 조심스럽게 한마디를 쳤다.

　　조금……. 괜찮아?

그러고 나서 보내기를 누르는데도 한참을 쩔쩔맸다. 답은 두 번에 걸쳐 곧장 왔다.

216

괜찮아. 이제 좀 정신이 든다. ^.^ 깨어나자마자 너한테 문자 보내는 거야.

네가 얼마나 걱정했을까 생각하니 정말 미안하더라.


나는 멈칫했다. 준석이 말의 속내가 의심스러워서는 아니었다. 가슴이 아파서도 아니었다. 그냥 잠시 진정할 필요가 있었다.

이건 생각할 필요가 없었다. 아니, 계산해서는 곤란하다. 머리에서 떠오르는 대로 즉흥적으로 반응하면 그만이었다. 진정한 대화는 그렇게 이뤄진다는 것을 오래 전에 알았으나 잠시 잊고 살았을 뿐이다.

나는 단번에 버튼을 눌러 나갔다.


지금 사과하는 거야?


응, 정말 미안해.


웃겨 & # $


% $ # ^.^


내 차례에 이르러 말이 막혔다. 어이가 없었다. 미안한 건

난데 도리어 준석이가 사과를 하고 있는 게 어쩐지 자연스럽지 못하다는 느낌이었다. 하지만 그 때문에 내 마음이 부드럽고 편안해진 것은 사실이다. 어쩌면 준석이는 더 큰 사과를 받아 낼 요량인지도 모른다. 나는 긴장되고 조마조마한 심정이었지만 과감하게 다음 내용을 눌러 나갔다.

　도대체 왜 그랬냐? 내가 아버지한테 빨리 말하라고 몰아붙여서 그런 거야?

　아니야, 그냥 좀 겁이 났어. 내가 다 말해 버리는 순간 아버지를 잃을 것 같아서.

　바보~

　^^..^^

가슴이 뭉클하게 아팠다. 남의 마음을 아프게 했다는 사실이 그렇게 고통스러운 것은 태어나 처음이었다. 그렇지만 낯설기만 한 통증의 경험은 쓰리면서도 달콤했다. 어쩌면 준석이도 비슷한 기분일 거라고 생각하면서 나는 조심스럽게 다음 버튼을 눌렀다.

말하기 힘들면 안 해도 돼. 이건 진심이야.

아냐, 이젠 괜찮아. 내가 머뭇거릴수록 엄마 아빠도 힘들어진다는
걸 알았어.
누가 뭐래도 우리 아버지 훌륭하신 분이잖아. 너도 그렇게
생각하지?

그래, 바보처럼 훌륭하신 분이지!

맞아, 그 말이 딱이다. ㅋㅋ


거기서 대화는 끝났다. 왠지 기분이 날아갈 것처럼 상쾌했
다. 홀가분하고 후련했다. 무엇보다 아무 생각도 나지 않는 게
좋았다. 오랜만에, 정말 오랜만에 누군가와 솔직한 대화를 나
눈 것 같았다. 준석이에 관해 한 치의 미진함이나 꺼림칙함도
없었다. 그것만으로도 나는 뭔가를 되찾은 느낌이었다.
변기 물을 내리고 화장실에서 나오다가 아버지와 눈이 마주
쳤다. 나는 다시 한 번 소스라쳤다. 아버지가 내 가출용 가방의
손잡이를 끌고는 현관에 서 있었던 것이다. 만면에 웃음을 띤
표정은 넌 어쩔래? 병원에 안 갈래? 하고 묻는 것 같았다. 난
감한 일이 아닐 수 없었다. 정말 무겁고 성가신 짐이었다.
얼결에 나는 아버지와 함께 집을 나서고 말았다. 아버지는

앞에서 가방을 덜덜거리며 끌고 나는 뒤를 따랐다.

조금 가다가 나는 아버지가 디뎠던 자리에 내 발을 포개면서 걷고 있는 나 자신을 발견했다. 보폭이 다른 탓에 내 발걸음은 조금씩 껑충거리게 되었지만 나는 아버지의 흔적을 놓치지 않고 정확히 기억해 내려고 눈을 부릅떴다. 그러자 마치 그것이 아버지에게 다가갈 유일한 방법이라도 되는 듯 내 발걸음은 점점 더 유쾌해지는 것이었다.

순간 이런 생각이 들었다. 이것은 멀어지는 과정이 아니라 가까워지는 것이다. 거부가 아닌 다가서는 과정이다. 어쩌면 아버지와 나 사이의 거리는 앞으로도 쉽게 좁혀지지 않을 가능성이 높다. 나는 언제까지나 이렇게 아버지의 발자국을 기억해 내려고 안간힘을 다해 두리번거려야 하는지도 모른다. 오해가 풀리고 비밀이 공개된다고 해서 갑자기 서로를 이해하게 되는 것은 아닐 터이다. 중요한 것은 조금씩 실제로 다가서는 것이다. 필요하다면 이렇게 가출용 가방을 끌고서라도 말이다.

아버지는 내 가방을 트렁크에 싣고 병원으로 출발했다. 처음에는 차 안에서 사실을 말하고 모든 것을 털어놓을 생각이었는데, 역시 입이 떨어지지 않았다. 아무리 생각해도 가출이라는 단어는 너무 치명적이었다. 한번 꺼내고 나면 수습이 불가능할 것 같았다. 그러고 보면 하나의 비밀이 또다른 비밀을 만들어 낸 셈이었다.

병원이 가까워 올수록 얼굴은 화끈대며 뜨거워져 가고 있었지만 할 수 없는 일이었다. 어떻게든 되겠지. 상황 판단이 빠른 준석이가 재치 있게 나를 구해 줄 수도 있는 일이고. 나는 더 이상 아무것도 걱정하지 않을 작정이었다.

우연히 뒷거울을 쳐다보았더니 편안하고 태평한 얼굴을 한 아버지가 나를 보고 씩 웃었다. 내 마음을 다 이해한다는 그런 웃음이었다.

잠시 후에 나도 간신히 웃을 수 있었다. 아버지의 진심을 알고 있다는 인상을 최대한 강하게 풍기려고 애쓰면서.

# 나는 아버지의 친척

2006년 12월 30일 1판 1쇄
2016년 4월 6일 1판 11쇄

**지은이** 남상순

**편집** 김태희, 박찬석, 조소정 | **디자인** 이혜연
**제작** 박홍기 | **마케팅** 이병규, 양현범

**출력** 한국커뮤니케이션 | **인쇄** 코리아피앤피 | **제책** 정문바인텍

**펴낸이** 강맑실
**펴낸곳** (주)사계절출판사 | **등록** 제406-2003-034호
**주소** (우)10881 경기도 파주시 회동길 252
**전화** 031)955-8588, 8558 | **전송** 마케팅부 031)955-8595  편집부 031)955-8596
**홈페이지** www.sakyejul.co.kr | **전자우편** skj@sakyejul.co.kr
**블로그** skjmail.blog.me | **페이스북** facebook.com/sakyejul | **트위터** twitter.com/sakyejul

ⓒ 남상순 2006

ISBN 978-89-5828-206-8 44810
ISBN 978-89-5828-473-4 (세트)